草婴译著全集

第二十卷

加里宁论文学

1957年，草婴于家中书房。

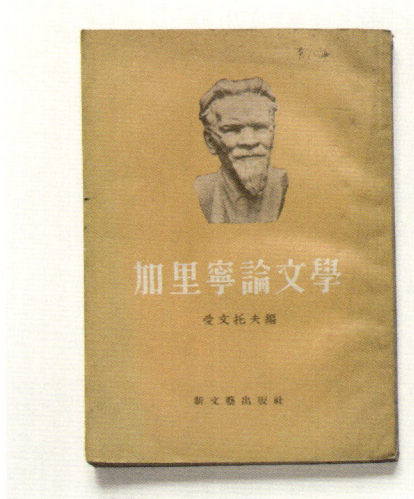
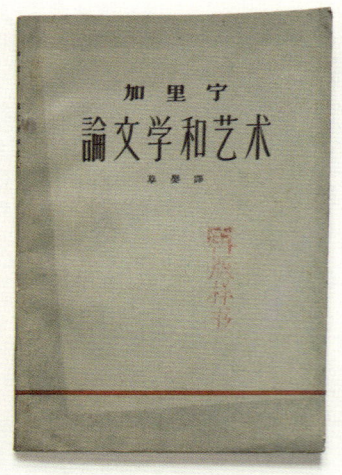

《加里宁论文学》与《加里宁论文学和艺术》。

目　录

加里宁和文学问题（代序）　/001

一

谈谈农村通讯员的任务　/003

作家应该精通自己的业务　/013

论艺术工作者必须掌握马克思列宁主义　/021

论共产主义教育　/039

谈谈通讯员和通讯　/045

二

革命和文化　/055

文学的意义　/065

18世纪和19世纪的俄国文学　/069

苏联文学　/095

人民的创作　/125

文学语言　/133

附录　/139

论我国人民的道德面貌　/139

旧时代的青年　/145

谈谈招贴画艺术　/153

加里宁和文学问题(代序)

在帝俄警察厅 1899 年份的档案里,发现了一份有关彼得堡"工人阶级解放斗争协会"活动的材料。在这份材料里,有几行是关于米·伊·加里宁的,其中写道:他的"修养在工人之中是卓越的","曾经传布秘密著作",等等。

从签发这个文件到列宁发言推荐加里宁做全俄中央执行委员会主席,整整有二十年。

列宁说:"这位同志从事党的工作将近有二十年了;他出身是特维尔省①的农民,跟农业保有密切联系,并且在经常增进和改善这个联系。彼得格勒的工人们相信,在广大的劳动群众还没有党的素养时,他有本领去接近他们。当一般宣传员和鼓动员不会用同志的方式巧妙地去接近他们时,加里宁却能解决这个任务。而这一点在目前是特别重要的。"

加里宁在苏维埃国家最高机关领导人的职位上连续工作了二十七年,成了一名列宁—斯大林型的模范国家工作者。

"米哈伊尔·伊凡诺维奇·加里宁由于他对列宁—斯大林事业的

---

① 在莫斯科西北,现在改名为加里宁省。

忠诚,由于他接近人民群众和深入了解他们的利益,由于他不断关心人民的福利而获得了全体劳动人民真挚的尊敬和热爱。"①

加里宁对社会主义文化建设问题、古典文学遗产的宣传和艺术创作在苏维埃国家里发展的注意,就是他不断关心人民福利的鲜明例子。他特别强调文学的意义,认为文学是思想斗争的一个重要因素,强调作家和人民的联系,以及艺术的重大教育作用。在加里宁关于共产主义教育问题的发言和著作中,文学是作为思想影响的手段而占有一个很显著的地位。

加里宁在自己的言论中所接触到的文学现象,是很广泛的。这说明他之所以熟悉文学,是由于他对书本、对知识、对我国人民的艺术宝库始终保有浓厚的兴趣。加里宁的生活和活动中的许多事实,以及他的自传性资料都可以证明这一点。

加里宁在回忆中写道:"我的教育,说得更正确些,我的启蒙,是在乡村学校里开始的;教师是一位老农民,他一冬向每个学生收取一个卢布,或者更少些,而他的伙食,我记得是各家轮流供给的。学生总共约莫有二十人。学校就设立在这个孤老头儿的家里,那是一座黑色的大农舍。放上几张桌子,几条长凳——就算是学校了。

"我学的是教会斯拉夫文,而大多数人却学俄文。学习的方式是最原始的:二十个人都高声朗诵,各读各的书,造成一片连续不断的噪音。我在这样的学校里待了三个月光景,学会了字母、双音节和三音节,并且开始拼字了。

---

① 《联共(布)中央、苏联部长会议、苏联最高苏维埃主席团联合讣告》,发表于1946年6月4日《真理报》。

"第二年冬季,我就进了一所正式的学校,四年制的地方国民学校。在那里,我像饿狼扑食似的投入学习。从秋天到耶诞节我就念完了两班的课程——初级和次中级,升到了中级。

"我一学会阅读,就狼吞虎咽地读着图书馆里的藏书,这些书籍大部分是宗教方面的,而其中主要的是圣者传。两年之后,我毕业了,同时也读完了学校图书馆里的全部藏书。在将要毕业的时候,有一位女教师从她的私人藏书里借了些书给我看。到了夏天,虽然没有时间经常阅读,我还是抽空读了几本从邻居地主的藏书室里借来的书。

"这样,我在乡村学校毕业之后,就酷爱阅读了,我的学习愿望是很强烈的。"①

加里宁那种对书籍的爱好,在他在彼得堡所过的青年时期里仍旧继续着。1889年他从特维尔的乡村到了首都,在地主波尔托夫斯基家里做工。波尔托夫斯基就是加里宁在上面提到的那个在特维尔省拥有产业的"邻居地主"。

加里宁在回忆中写道:"我在一个有很多学生的家里当童仆。这些学生竭力迎合我的求学愿望,我记得其中几个甚至给我上课,至少也帮助我了解他们自己已经懂得的东西。然后他们又供给我足够必要的书籍。"②

那个地主家里的藏书很丰富。除了俄国古典作家的作品之外,还有自然科学方面的书籍、历史和政治经济学的某些译本、当代杂志的合订本、"家常阅读"用的文艺书,同时还有流亡在国外的俄国革命家所出

---

① 加里宁,《工农自修的道路》。
② 加里宁,《工农自修的道路》。

的非法书刊。在波尔托夫斯基家工作的四年中,加里宁认识了俄国古典文学的杰出作品,读了约翰·斯图亚特·穆勒①的《哲学概论》、勃雷姆②的有插图的《动物生活》,并且初次看到一些自由俄国的书刊:读了赫尔岑的《北极星》和描写1848年欧洲革命事件的彼岸。

还在这个少年时期里,文学作品就帮助他确立生活的方针,认识那些不得不与之交往的人们的社会面目和道德面目。这一层,加里宁在1923年所写的一篇文章里说得很清楚:

"许多年以前,在15岁那年,我进厂工作暂时没有机会,就在男爵夫人布德堡家里当厨房工役。在她那些不同等级的仆人中,我所处的地位很低。她有一个近侍叫彼得·彼得罗维奇,当时彼得堡所有显赫的近侍都常聚集在他那儿;他们亦步亦趋地模仿自己的主人:喝着上等的美酒,作着交际性的谈话,谈的多半是关于自己主人的官衔、勋章和地位。光看他们的外表,人人都会把他们当作欧洲任何一个国家的首相……从事那么困难的职业……他们真有些像演员,而我却觉得——到如今还记得——他们都是些没有头脑、不学无术的人,也许,这是因为我已在根本上认识了俄国文学,并且看清人们的愚蠢……"③

1893年,加里宁进老兵器厂当学徒,过了两年转到普基洛夫厂工作,那时他在工人中间就以熟悉俄国古典文学和爱好"自由书刊"出名了。在他的同事之中,有受过教育的工人,那是些年轻的都拉人。他们在星期学校毕了业,参加过秘密小组,他们熟悉民粹派的书籍,能够自

---

① 约翰·斯图亚特·穆勒(1806—1873),英国资产阶级政治家、经济学家、哲学家。
② 勃雷姆(1829—1884),德国动物学家。
③ 加里宁,《推心置腹的谈话》,发表在1923年7月8日的《消息报》。

由讲述兹拉多符拉斯基①的《金心》和《基础》里的许多章节,熟悉格列勃·乌斯宾斯基的作品。在被禁的书刊中,那些都拉人主要知道一些民意党的宣言和小册子,而加里宁就不仅知道赫尔岑,同时还看过庇萨烈夫②、车尔尼雪夫斯基的著作,读过几本马克思主义的小册子。

加里宁在回忆中写道:"我们的会见仿佛使两种文化相接触:我熟悉俄国古典文学,但对民粹派的著作却很生疏;都拉人正巧相反,他们不大知道我们的文学,但却熟悉民粹派的著作。

"经过互相的交换,我们组织了一个小组,办了一个图书馆。这个图书馆是由我们每月的会费维持的,其中有合法的书籍,也有非法的书籍。大约也在那个时候,我们通过了都拉人,跟秘密组织——俄罗斯社会民主工党建立了联系。他们派了一个宣传员到我们那儿。他经常指导我们达八九个月之久。"③

由于跟都拉人的交往,加里宁开始对格列勃·乌斯宾斯基的小说和米哈依洛夫斯基④的作品发生了兴趣。不过,民粹派的政论作品,并没有影响加里宁的世界观,也没有影响他的文学观。这不仅因为他跟社会民主党人建立了联系,而且主要的是因为他读到了列宁的著作《什么是"人民之友"以及他们如何攻击社会民主党人?》。那本小册子是1894年用胶印出版的。加里宁在1925年指出这本小册子对他的政治观和文学观的形成起了重大的作用,他把列宁的这部著作称为"反对民

---

① 兹拉多符拉斯基(1845—1911),俄国民粹派作家。
② 庇萨烈夫(1840—1868),俄国杰出批评家,唯物论哲学家,革命民主主义分子。
③ 加里宁,《工农自修的道路》。
④ 米哈依洛夫斯基(1842—1904),俄国社会学家和政论家,民粹派主要代表人物之一。

粹派主要领袖——米哈依洛夫斯基、克里文科、犹查科夫等人的庄严的小册子"。加里宁写道:"要了解列宁在那本关于'人民之友……'的小册子里所表现的英勇果敢达到怎样的程度,必须知道当时的局势,以及上述人物在知识分子和青年学生中间的魔力。作者非常熟悉对象和论述它的文献,知道敌人的一切弱点,同时——又像一个有才能的音乐家,精通自己的乐器,能够完善地演奏乐曲,——列宁同志能够完善地利用他所具有的特长来反对自己的敌人。"①

接着加里宁指出,当时采用列宁关于无产阶级领导权的提纲,"就是从革命习惯里排除感伤主义、浪漫主义、装腔作势,以及因高度为人民服务而产生的妄自尊大的感觉——这些品质特别存在于知识分子中间,而在当时的社会里也相当普遍……列宁同志的初次发言——可以说是用战斗的语言——促使民粹派的队伍空前空虚。"②

民粹派作家的感伤主义和自由主义、浪漫主义就那样被揭穿了。加里宁始终极重视古典文学作品,特别是革命民主主义作家们的作品。在普基洛夫厂的社会民主党工人小组里,除了列宁、普列汉诺夫、马克思的作品之外,还研究别林斯基、赫尔岑、车尔尼雪夫斯基的著作、涅克拉索夫的诗和庇萨烈夫的论文。参加小组的人聚集在都拉人的屋子里,有时聚集在加里宁当时居住的城郊的伏仑金那亚村里,他们常常坐到深晚,大声朗诵书籍,进行争论。文学对他们说来,不是引人入胜的读物,而是研究俄国社会和国家生活的最重要参考。

---

① 加里宁,《这几年》,第二册。
② 加里宁,《这几年》,第二册。

"过去,当我们在精神上成长和积聚力量时,"加里宁在后来说,"我们在文艺作品里寻求一切动人问题的答案。我们有心爱的人物、心爱的作家,我们把他们看作生活的导师。他们是思想的统治者。随便举几个例子:像车尔尼雪夫斯基、萨尔蒂科夫-谢德林,再有跟我们同时代的人——柯罗连科、对现实抱批判态度的列夫·托尔斯泰,再下去就是契诃夫。契诃夫鼓舞我们,使我们对专制政体、警察制度发生势不两立的憎恨。"①

在普基洛夫厂的小组里也有自己的诗人。其中有些人迷恋于纳德逊②,有些人熟悉60年代的诗人③,或者在俄国的秘密活动中照自己的方式改写通俗诗。普基洛夫厂的青年诗人伊·塔塔里诺夫在国外的一个出版物上发表了自己的一首诗《自由工人》。加里宁一定知道这首诗的,因为它常常在小组里被朗诵:

> 一个自由的工人在黑暗的街上走着,
> 垂下了红肿发炎的眼睛。
> 他自由地歌唱奴隶制度,
> 自由地到处流浪,
> 敲击每一家的门,
> 并且自由地在牢狱中死亡……④

---

① 见苏联作家革拉特珂夫跟加里宁谈话的回忆。原文发表在1946年第二十四期的《文学报》,题为《会见》。
② 纳德逊(1862—1887),俄国诗人。他最优秀的诗贯串着对人民的爱。19世纪80年代俄国政治上的反动和民粹派的危机,使纳德逊的诗里充满哀悼和绝望的情绪。
③ 指19世纪60年代的斐特、马伊柯夫等诗人。
④ 见《普基洛夫厂的历史》,1941年版,第107页。

加里宁由此认识了工厂的诗歌、工人的通俗文学。后来,在流亡中,加里宁参加了革命歌曲的演唱。1904年,在波维涅茨的码头上,加里宁在一群流放的政治犯中,用《马赛曲》的调子唱道:

> 对强盗、对走狗——对富人,
> 对万恶的吸血鬼——沙皇,
> 痛打吧,消灭他们,该死的恶棍,
> 美好生活的黎明,发光吧!

普基洛夫厂的小组成了那尔夫斯克区社会民主党的中心小组,并且成了建立区的党组织的基地。加里宁被认为是区里最有学问的党工作人员。小组里的工人谈到他说:"他熟悉列宁的著作,知道历史和哲学。他比我们的知识分子高明得多。"[①]后来加里宁成了那尔夫斯克区工人俱乐部的组织者之一。他在俱乐部里做报告,领导几个党小组。他常常在"推心置腹的谈话"中,引用生活上的事实和文艺作品里的例子。

加里宁在回忆中写道:"我们研究马克思主义的基础,同时进行一般性的教育,那是从阅读俄国古典作品起——包括文艺、历史、评论等方面的作品,——总之,凡是聪明的书籍什么都读。我们一方面在厂里工作,一方面在文学、科学等领域里进行全面的发展。"[②]

---

① 见《地下活动时期的加里宁》,发表在《历史学家——马克思主义者》杂志1940年第十二期。
② 见《工农自修的道路》。

有些文学作品,特别是诗歌,加里宁读得能够背诵。普基洛夫厂的老工人马尔科夫回忆说,他在1905年5月进厂当旋工助手,认识了加里宁,并常常到加里宁家里去。在见面的时候,加里宁就把自己读过的书讲给客人听。马尔科夫写道:"米哈伊尔·伊凡诺维奇记性极好,背得出涅克拉索夫的许多诗。例如,他有一次应我们的要求,背诵了'复仇和悲伤诗人'涅克拉索夫的诗:铁路和萨沙。"①

在坐牢和流放中,加里宁花在读书上的时间特别多。

1899年7月,米哈伊尔·伊凡诺维奇跟五十二名"工人阶级解放斗争协会"的会员一起被捕,坐了十个月的牢,再被流放到高加索。在这十个月中,他读了很多书,其中包括马克思的《资本论》、自然科学方面的著作以及俄国作家和外国作家的作品。

加里宁有一份不大的藏书在他多次流浪生活中始终带在身边,那份藏书经常在增加和更新。有一次,因为怕警察突然搜查那尔夫斯克的工人俱乐部,他把俱乐部里的藏书全部搬到自己家里,并亲自把书借给工人们。

有一件事很值得注意:在沙皇当局关于加里宁活动的报告里,指出并且控告他经常对政治论文和文艺作品发生兴趣。例如,在沙皇司法部长的一份报告里也曾经指出,在1901年年底,彼得堡出现了一个"非法团体",这个团体建立了一座秘密的印刷所,并且供给居民"适合他们需要的书籍"。在搜查这个"团体"成员的家时,发现了违禁的书籍、宣言、"具有犯罪内容的诗篇",等等。在那些"跟鼓动员有来往、并从他们那里借阅非法书刊的"被捕人员之中,就有一个当旋工的26岁农民,米

---

① 引自《加里宁和彼得堡工人》一书,1947年版,第43页。

哈伊尔·伊凡诺维奇,加里宁。文件里写道,他过去在梯弗里斯工作时,"就曾经参加社会民主党在工人中的宣传,介绍工人阅读秘密书刊。"①

加里宁在梯弗里斯的监牢里醉心于阅读,关于这件事他在很多年之后曾经对米哈伊尔·肖洛霍夫讲过。

1901年4月,米哈伊尔·伊凡诺维奇从梯弗里斯被放逐到列维尔②,在那里他一面在伏尔泰厂里做地下工作,一面进行自修,而当1903年1月再度被捕时,他有近五十本书被没收。

加里宁在列维尔生活的一段时期里,看到了1901年出的合法的马克思主义的杂志《生活》第四册,其中登载了高尔基的《海燕歌》。海燕是一个充满诗意的鲜明形象,它对青年加里宁的影响很大,并且深深地留在他的记忆里。加里宁后来写道:"社会上可以感觉到倾向斗争的力量,而高尔基的《海燕》仿佛概括了反抗专制政体、专制制度的情绪和愿望。"③

高尔基是青年加里宁最心爱的作家。1903年米哈伊尔·伊凡诺维奇落到了彼得堡的克列斯特监狱,他就在那边宣传高尔基和车尔尼雪夫斯基的作品。"我记得我跟米哈伊尔·伊凡诺维奇和另外几个人(总共五到八人)组织了一个小组,并且隔着窗户讨论《怎么办?》。有一天加里宁作了一个关于高尔基创作的报告。"④报告很尖锐,以致狱卒

---

① 引自《关于加里宁的生平》,发表于1933年《苦役与流放》杂志第二期。
② 列维尔,现在叫塔林,是爱沙尼亚苏维埃社会主义共和国的首都。
③ 加里宁,《庆祝斯大林同志六十诞辰》。
④ 马里雪夫的《回忆录》。引自《米哈伊尔·伊凡诺维奇·加里宁》一书,1940年国家政治书籍出版社出版。

不让他作完,就毒打了他一顿,并且把他投入单身牢里。

在这以前不久,加里宁被吸收参加社会民主党报刊的工作,担任党的政论文学家。在列维尔他开始做列宁的《火星》报的通讯员,成了"统一的党的地方代理人网"的一环,关于那个网,列宁在第四期《火星》报的《从什么开始?》一文里曾经写到过。① 彼得堡的《火星》报编辑部曾经接到一对专门的信通知说:"现介绍工人米哈伊尔·伊凡诺维奇·加里宁(八月间来自列维尔)来跟你们联系,他曾经用外国人的笔名在《火星》上写文章;他在彼得堡协会时,为《工人思想》也写过文章。这是一个精力非常充沛的人,他跟各省保有许多联系,这点他会向您报告的。他想经常写些通讯文章,并跟您通信。"②

加里宁就给《火星》寄文章、密码信、党的消息。"我们跟国外已经有了经常的联系,"加里宁回忆说。"差不多经常从那儿收到《火星》、《革命的俄罗斯》和别的出版物。我们跟部队建立了联系,并且供给他们书籍。"③

加里宁最初严肃地从事政论工作,是受到列宁的领导的,列宁当时正在主持《火星》报。

1905年11月出版的《新生活》报,发表了列宁的一篇文章《党的组织和党的文学》(11月第十二、十三期)。列宁在那篇文章里写道:"同志们! 动手工作吧! 我们面前摆着一项困难而新的、但却伟大而可以有很好成果的任务:在跟社会民主主义的工人运动紧密联系下,组织广大的多方面的多样性的文学事业。整个社会民主主义的文学应当成为

---

① 《列宁全集》第四卷。
② 引自《米哈伊尔·伊凡诺维奇·加里宁》。
③ 加里宁,《在列维尔》,引自《无产阶级革命》,1923年,第三期。

党的文学。"①加里宁作为一个政论家、文学家和宣传家,他的活动是决定于列宁在他那篇历史性的文章里所提出的布尔什维克党性的要求的。

加里宁也熟悉列宁论述个别作家的著作。虽然长期的流浪使加里宁很难弄到党的书刊,但他还是看到了列宁祝贺托尔斯泰八十诞辰所写的文章(米哈伊尔·伊凡诺维奇当时在莫斯科做秘密的党工作,他收到在国外出版的布尔什维克的报纸《无产者》,上面登有这篇文章),和1912年发表在《社会民主党人》上的列宁的那篇著名文章《纪念赫尔岑》。米哈伊尔·伊凡诺维奇在论述赫尔岑时就根据了列宁对这位作家的评价,而列宁的这篇文章他曾经在后来的一本著作(《工农联盟的过去和现在》,1925年)里引用过。

对作为一个党的文学家的加里宁说来,他的参加《真理报》工作,等于进了一所严肃的学校。《真理报》于1912年4月在彼得堡创办,创办人是斯大林,他是根据列宁的指示而工作的。加里宁当时在彼得堡的阿依华士厂里工作,他团结了一大批支持报纸的工人,向他们解释发表在报上的材料,散布被没收的各期报纸。

《真理报》相当重视文学问题。还在斯大林所写的那篇创刊号上的纲领性的文章里,就提出了从工人中培养文学干部的问题:

"工人们不要说写作是他们所'不习惯的'工作:工人作家不是现成从天上掉下来的,他们只是在写作的过程中慢慢锻炼出来的。所需要的只是更勇敢地动手去干:跌一两次交,以后就学会写作了……"②

---

① 北京大学中文系文艺理论教研室编,《马克思恩格斯列宁斯大林论文艺》,人民文学出版社,1986年,第75页。
② 斯大林《斯大林全集》,人民出版社,1953年,第2卷,第244页。

《真理报》曾经发表过几篇文章,专门论述工人作家的创作和无产阶级的革命诗歌(《工人自己的文学》《工人作家》等)。

《真理报》跟"文学上的瓦解"、颓废主义、唯美主义、叛徒文艺和取消派文艺进行坚决的斗争(论阿尔志跋绥夫和梭罗古柏的文章,论讽刺杂志社的"吃饱了饭的蠢笑"和主张"纯诗歌"的人们)。《真理报》为反映现代生活的具有高度思想性的现实主义文学而斗争。最后,它对古典文学遗产的宣传也很重视:报上曾经发表论奥迦廖夫、涅克拉索夫、冈察洛夫、车尔尼雪夫斯基、杜勃罗留波夫、萨尔蒂科夫、柯罗连科、迦尔洵、舍甫琴柯、列斯·乌克拉英卡等人的文章。

1914年1月26日在《真理之路》报上发表了一篇文章,叫做《现实主义的再生》,那篇文章具有重大的意义。

在那篇文章里谈到不久之前的往事,当时"统治文坛的是卡明斯基、阿尔志跋绥夫、丘柯夫之流,以及他们的装腔作势、大吹大擂的创作";谈到"如今所有这些乌烟瘴气似乎都过去了","现在社会上各民主阶层都津津有味地阅读着的,就是现实主义的作品"。那篇文章又说:"无需指出,社会的变革多半是工人运动高涨的结果。无产阶级是俄国社会里唯一重新提出切身任务和目标的阶级……正是在现在现实主义的艺术家取得了、而且还在不断地取得更重大的社会意义。"

《真理报》认为高尔基是文学界最前进倾向的体现者,他的作品贯串着用革命方式来改变现实的思想。照《真理报》的话说来,高尔基给读者指出那个团结全世界无产者的"普遍真理"——社会主义;作家在自己的故事里反映了"现代社会里为新的真理而斗争的新人的某些心理特点"。

《真理报》关于文学和政治问题的一些重要意见,加里宁无疑是知道的，因为当时他正在工人中间宣传《真理报》上的文章和文件。值得指出的是，类似《真理报》在1912—1914年间对作家和文学现象的评价，我们可以在加里宁后来的言论里找到。

加里宁除了参加布尔什维克报纸的工作之外，同时还在工人的教育团体和俱乐部里展开蓬勃的活动。远在1910年——为了在莫斯科建立一个叫为了贫穷的人民阶层的秘密俱乐部——米哈伊尔·伊凡诺维奇被捕了，并且被拘禁在苏谢夫斯基的警察所里。1913—1914年加里宁在彼得堡的桑普沙尼耶夫自修社里积极活动。这是一个合法的团体，但实际上却变成了宣传工作的中心之一，常常举行文学晚会和音乐晚会。加里宁是这个团体的理事。

在第一次世界大战时期，加里宁协助出版秘密的报纸《无产阶级呼声》，同时把很多时间用在政治教育工作上。他曾经领导两个秘密的教育团体达一年半之久。

1917年，加里宁被吸收到《真理报》编辑部工作，当时他是彼得堡树林区里的一个党组织员，已经是党内的重要活动分子之一了。1917年3月12日《真理报》上发表了加里宁的论文《论土地》，3月28日又发表了他的第二篇文章《革命和乡村》。作为一个文学家和政论家，加里宁又参加了布尔什维克的报纸《兵士真理报》的工作。1917年4月15日在该报的创刊号上，他发表了小品文《传闻》，后来又陆续发表了论文《兄弟之谊》《论布尔什维克》《政权的危机》等。此外，像斯大林在1912年提出从俄国工人中培养作家问题那样，加里宁也在1917年6月发表了一篇类似的文章。米哈伊尔·伊凡诺维奇谈到描写工人生活的必要性，谈到这个任务最好由工人自己来完成，他着重指出说，"像这样的描写，描写各地工人组织的内部生活和斗争、瓦解和建立，描写它们在思想上、组织上的生长和发展——这对兵士们就是很好的教育。"

十月革命之后,加里宁担任彼得格勒市长一职,后来又任市政专员。1919年3月,由于列宁的建议,他当选为全俄中央执行委员会主席。

还有一件事值得提出来谈一谈:加里宁在1919—1920年曾经到国内战争各战线和战线附近地区作过鼓动旅行,在旅行中他非常重视散布文学书籍。

1919年5月1日,《消息报》登载了如下的报导:

"4月29日文教列车十月革命号自拉山车站开出。全俄中央执行委员会主席米·伊·加里宁带领全体宣传鼓动人员,随车出发……苏维埃政权最高代表的参加,使这次旅行的意义显得特别重大……'我们打算去的各省(加里宁同志说),接近高尔察克的战线,因此这一州的政治鼓动工作是有极大意义的。中央派来的鼓动员,我们将在各地举行的群众大会、书籍、标语和鼓动画的分发、苏维埃电影的放映、跟中央工农政权代表们的接触——这一切将鼓舞人民的情绪,消除高尔察克煽动家所散布的各种疑问。'"

列车上辟了一节车厢,专门用来放书和卖书。此外,再有一节车厢用作印刷所。在这次为时二十天的列车旅行的报告里指出,"车上书店把书报卖给一切爱好阅读的人,书库里的书则全部分发给机关团体","在那些列车不停留的乡村,从车上掷下许多传单和报纸"。[①]

1919年6月6日,以米·伊·加里宁为首的鼓动列车出发到西线。《消息报》通讯员从明斯克发的电报,报道列车抵达白俄罗斯居民

---

① 引自发表在1938年第一期《红色文献》杂志上的材料。

点时,写道:"书籍的需要量非常大。车上书店旁边排着很长的队伍,大家都希望买到书籍。"①

在四次列车旅行中,书籍供给了1050个机关团体和两万个个别读者。1919年10月23日,加里宁在全俄中央执行委员会会议上说:"至于这一点,那么,恐怕在莫斯科也没有一家书店,能够在那么短的时期里达到车上书店那么高的营业额。"②

在鼓动列车旅行的时期,加里宁在群众大会上除了分析军事和经济的形势问题外,还常常讲到文教工作的任务。1919年8月2日,他在坦波夫向军官学校的毕业生讲话说:

"你们将不仅用刺刀作战——你们的刺刀使敌人心惊胆战,——你们更将成为那些没有听到自由的声音、不知道什么叫社会主义的地方的启蒙者。"③

1919年6月19日,米哈伊尔·伊凡诺维奇在波勃鲁依斯克的群众大会上,热情地讲到不久之后的情形,"那时将天下太平,我们的创作才能和智慧都将用来提高文化生活"。

关心"提高文化生活",关心苏联人民创作力量的繁荣,关心我们文化艺术各方面的发展——这是加里宁从事国家活动的一个重要部分。我们文学生活上的许多重要问题——宣传和书籍流通问题、出版和图书馆问题、作家组织的活动问题——都是在加里宁的直接协助下解决的。有不少原稿曾经经过米哈伊尔·伊凡诺维奇的手,他总是分出一部分时间来阅读和处理它们。他常常在读完原稿之后,亲自为它们写介绍或序言。

---

① 1919年6月22日《消息报》。
② 加里宁,《1919—1935年的论文和演辞》。
③ 《红色文献》,1938年第一期。

在加里宁的论文和演说里，文学问题占有一个显著的地位。他个人跟作家们的会见，对我们的文学也起了重大的作用。在第一次全苏作家代表大会（1934 年）前夜跟一群青年作家的谈话中，在跟肖洛霍夫、革拉特珂夫、普利希文等人会见时，都谈到了文学生活中的重要问题。米哈伊尔·伊凡诺维奇支持文学上的新创意，关心青年文学干部，注意我们的文艺杂志，此外，他曾经长期参加我们的大型月刊《新世界》杂志的编委工作。

列昂尼德·列昂诺夫写道："我记得米哈伊尔·伊凡诺维奇给了我们，编委里的几个作家，许多帮助。我们把他看做自己的保护人。当我们四人，编委的全部人员——斯塔夫斯基、马留施金、革拉特珂夫和我——到克里姆林宫去见他时，他总是非常关心杂志，仔细打听编辑部里有些什么新的原稿。他不仅知道作家的名字，而且阅读他们的作品，给他们作出极正确中肯的鉴定来。这些由于编杂志而举行的会见，通常总是转到讨论文学问题上去。从米哈伊尔·伊凡诺维奇的谈话里，可以感觉到他对 19 世纪俄国文学的热爱，以及对现代文学的兴趣，特别是那些可以作为普通苏联公民（读者）生活和行动榜样的作品。在这些会见中，我总觉得米哈伊尔·伊凡诺维奇是一个生活经验极丰富的人，他用明察秋毫的、慈父般的目光瞩望着不止一代的人们。"[①]

直到自己的晚年，加里宁始终经常关心文艺。1944 年他在接见苏军中共青团工作人员时说："我快 70 岁了，但仍旧没有一天不注意文学和从事学习。而且非这么办不可。"在加里宁的私人藏书中，我们可以

[①] 列昂诺夫，《父亲般的关怀》，载 1944 年 4 月 1 日，《文学和艺术》报。

找到他晚年阅读的书籍,其中有:古典文学作品(拉季谢夫的《从彼得堡到莫斯科旅行记》、赫尔岑的《谁的罪过?》和《往事与沉思》、狄德罗①的《艺术家拉莫》等书),苏联作家的作品(格罗斯曼的战争年代、毕尔文采夫的《近卫军的高地》),民间文学作品集(《童话和传说》),以及大量政治家、文学家和戏剧家的传记(聂米洛维奇-丹钦柯、孔尼②、波奇-勃鲁耶维奇③等)。

研究加里宁的一生,可以看出文艺对他说来是认识生活的一个重要工具,是进行自我教育的最必要源泉,同时又是宣传工作中的一个可靠助手。

上面我们已经谈到列宁的著作对加里宁文学观点形成所起的影响。

在处理文学创作问题上,加里宁总是根据列宁论文学的党性的学说的。在评价赫尔岑、民粹派作家和革命民主主义的作家时,加里宁也总是根据列宁关于这些作家的著作的,这点我们可以从本书所收集的材料里看出来。

斯大林的著作对加里宁的影响也非常重大,尤其是他那关于社会主义文化的学说。米哈伊尔·伊凡诺维奇着重指出"斯大林同志多方面地、深入地了解整个社会生活的各种表现,包括文学和艺术"。④ 加里宁关于苏联各民族的民族形式社会主义内容的艺术问题、关于社会主义现实主义的风格问题、关于马克思列宁主义理论在

---

① 狄德罗(1713—1784),法国著名唯物论哲学家,作家。
② 孔尼(1844—1927),俄国法学家、作家、科学院名誉院士。
③ 波奇-勃鲁耶维奇(1888—1940),前苏联无线电专家,苏联科学院通讯院士。
④ 加里宁,《庆祝斯大林同志六十诞辰》。

教育艺术工作者上的作用问题和我们的文化发展上的其他紧要问题的论述,都是直接根据斯大林同志对这些问题所作的指示的。

总的说来,加里宁的文学上的言论,就是马克思列宁主义创造性地应用在文艺现象上的榜样,就是在文化问题上一贯和深入地执行布尔什维克政策的榜样。

加里宁受了俄国古典作家作品的教育,密切注意本国文学的发展,并且屡次在自己的宣传工作中利用俄国文学,因此他的文学方面的言论,大部分自然是关于俄国作家的。

"俄国文学对人类思想的发展作了很多贡献,并且在人类思想上占有一个光荣的位置。普希金、托尔斯泰、高尔基——这都是些世界性的大艺术家,大作家,同时他们又是反映自己的时代和俄国人民的特征的真正俄国作家。"

加里宁注意到俄国文学所具有的民族的和历史的特征,对它的世界意义作了上面那样的评价。

在世界各种伟大的文学中,俄国文学的特征就是深度的博爱、高尚、对暴力和邪恶的憎恨。

"俄国文学使人高尚,使全世界承认它的高度道德性,这种道德性在苏维埃制度下特别高涨,特别深入民间。"加里宁曾经那么写过。

俄国文学之所以具有卓越的价值,正像米哈伊尔·伊凡诺维奇所指出的那样,是因为"它的优秀代表从来不曾忘记自己为人民服务的作用"。

同时,照加里宁的意思,俄国文学不仅没有落在人民政治觉悟的发展之后,而且,由于俄国情况的复杂,有时还超过社会运动。"起初,进步势力跟反动派的斗争,伸展到文学、音乐、绘画等部门,他们对当时的现实表示否定的态度,至少用各种暗示来表明这种态度。后来,民主人士也开始逐渐参加斗争,因此这个斗争也就越来越尖锐。"

我们的文学因为具有爱国主义的内容,所以能把国内的各族人民团结在俄国人民解放斗争的旗帜下。这点在米哈伊尔·伊凡诺维奇的一篇发言里也曾经指出过(《论共产主义教育》)。

加里宁看到俄国文学之所以伟大,不仅在于它内容的进步,而且在于它所创造的艺术形象的多样性,和它丰富的语言。加里宁常常引用果戈理和谢德林那样"头等大师"的作品。他们的创作由于本身艺术的完美性,到如今仍能使我们感动,虽然我们已经生活在"另一个环境里,另一个世界上"①。加里宁给青年作家的劝告,所根据的是他承认俄国古典作家具有高度的艺术技巧,因此他号召他们经常向古典作家学习。

本书引录了加里宁对拉季谢夫、冯维辛、格利鲍耶陀夫、赫尔岑、奥迦廖夫、果戈理、屠格涅夫、冈察洛夫、契诃夫、列夫·托尔斯泰等人创作的见解,在这些见解中加里宁着重指出古典作家创作的进步作用和它在认识上和艺术上的巨大意义。

加里宁说:"我国最优秀的文学艺术家对恶的憎恨是鲜明的——这是一种高尚的感情,是跟人类公敌进行斗争的最积极的手段之一。"

照米哈伊尔·加里宁的话说来,俄国艺术和文学"所以伟大,不仅在于自己艺术的真实性,而且特别在于它们总是在寻求更好的道路,人们更好的生活方式"。

加里宁通过个别作家的创作实例,具体表现了这些思想。他称拉季谢夫为"勇敢的自由保卫者"和农奴制度的敌人;指出果戈理作品的

---

① 加里宁,《1919—1935 年的论文和演辞》。

暴露性;强调屠格涅夫的作品具有"社会和政治意义,这种意义,我以为就是使他的作品产生真正艺术的光彩";称赞契诃夫和列夫·托尔斯泰创作的深刻内容和高度技巧。同时加里宁也注意到,屠格涅夫离开当时最前进的人们——革命的启蒙者毕竟还远,果戈理和契诃夫的创作虽然具有进步的意义,还是强烈地表现了他们本阶级的世界观的特点(参看加里宁的《论艺术工作者必须掌握马克思列宁主义》)。

加里宁关于俄国革命民主主义作家——别林斯基、车尔尼雪夫斯基、杜勃罗留波夫、涅克拉索夫、萨尔蒂科夫-谢德林所作的言论,形成特殊的一组。加里宁指出他们在解放运动史上、在跟自由主义进行斗争中、在散布农民革命思想上、在发展我国文学优秀传统上的作用。

加里宁关于革命民主主义作家写道:"他们唤醒当时的人心,促使人们考虑生活,考虑在生活中可以作些什么有益的事。在俄国文学史和政论史上,未必有人能像别林斯基、车尔尼雪夫斯基、杜勃罗留波夫那样支配人们的头脑,那样有效地鼓舞他们的公民自觉心,并推动他们去为民主革命而进行反专制的斗争。同时,他们的个人生活,完全献给俄国民主事业的发展,因此在当时进步人们的眼睛里,这种生活就是高度道德的模范。"米哈伊尔·伊凡诺维奇还说:"像别林斯基、车尔尼雪夫斯基、杜勃罗留波夫那样的平民,不仅在文学方面,而且在阶级斗争的舞台上,占有杰出的地位。"加里宁对涅克拉索夫也特别有力地指出了他的世界观的革命性,并且说这使他的诗充满高度的公民热情。他写道:"涅克拉索夫用自己的作品鼓动每个人去憎恨奴隶主,热爱人民,并号召他们去进行斗争。"

加里宁常常把俄国古典作家创作的实际例子,用在宣传和政论的目的上。

为了说明自己的意思,为了形容某些政治人物,米哈伊尔·伊凡诺维奇常常采用托尔斯泰、屠格涅夫、柯罗连科的短篇小说、克雷洛夫的寓言、萨尔蒂科夫-谢德林的童话和高尔基的作品。

米哈伊尔·伊凡诺维奇引用最多的是果戈理和谢德林的作品。

米哈伊尔·伊凡诺维奇利用果戈理笔下地主的形象,来形容外国的"吃饱饭不做事的资产阶级人士",他们"是不需要真正的文化的"。①

流亡国外的白俄分子亚勃隆诺夫斯基,1926年1月22日在白卫军的报纸《舵轮》上发表了一篇小品文《俄国的巴黎》。加里宁把他比作果戈理笔下的胚土赫②,甚至比胚土赫更不如。1926年秋天,加里宁写了一篇文章叫《苏维埃政权为实现民主作了什么》,那篇文章就是驳斥这个无耻文人的。加里宁引用亚勃隆诺夫斯基小品文里那些对过去的农奴制时代充满惋惜情绪的几段,然后总结说:

> 要知道这是原来的俄国激进分子写的,而他又多么爱好旧时地主的生活,包括他的马车夫、女佣人和地主家里的其他佣仆。《舵轮》报的现代无耻文人比起果戈理笔下的胚土赫来,又高尚多少呢,他跟他的农奴们在自己的池塘里网鲫鱼,他津津有味地尝到的不是农奴制度的滋味,而是自己厨子的艺术。胚土赫的曾孙们也已经长大了,他们不仅懂得鱼肉馒头的味道,而且懂得农奴制度的美味。

---

① 加里宁,《论苏联知识分子的任务》。
② 《死魂灵》中的一个地主,生活非常奢侈,终日忙于安排自己的伙食。

下面几行加里宁还写到"类似果戈理笔下的动物国的白俄侨民",他们拿恢复农奴制度的难忘的梦想,来点缀自己的日常生活。

果戈理的另一个流传很广的形象,我们可以在1925年加里宁跟符拉第米尔的论战中找到。

在1925年1月份的一期《农民报》上,登载了敖德萨省农民符拉第米尔的一封信,信的标题是《我的革命功绩在哪里?》这封信的作者在政治上很落后,不会正确分析当时的情况,并且把自己对革命的作用估计过高(在国内战争时期他当的是司书),书中充满要求"分配福利"的妄自尊大的庸俗论点。在同一期(十五期)《农民报》上还发表了加里宁的答复——一篇题目叫《论夸大的功绩和过分的要求奖赏》的文章。在形容那个自以为是革命英雄的原来的司书时,米哈伊尔·伊凡诺维奇采用了果戈理笔下一个极著名的人物:

"符拉第米尔把自己看得很高,"加里宁写道。"他想自己就像赫列斯塔柯夫①想自己那样。然而,赫列斯塔柯夫是生逢其时,全城的人从市长起都把他当作巡按,因此他不论说什么蠢话,这些蠢话都成为他的优点,巡按的隐蔽思想也就借这些优点而掩饰住了。

米哈伊尔·伊凡诺维奇用赫列斯塔柯夫作比较,认为符拉第米尔虽则荒唐,但却并不是少见的个别人物,而是一定的社会典型。

后来加里宁解释说:"为什么我要违反自己的惯例,攻击作者,并且尽我的力量使他在工农群众面前失去威信呢?只是因为符拉第米尔并

---

① 果戈理名剧《巡按》中假冒巡按的骗子。

不是一个偶然的例外的人物,而是一个相当普遍的典型……我写这封覆信,只是揭去跟符拉第米尔不相称的革命面罩,使读者容易看清他的缺点。"①

谢德林的讽刺例子,加里宁曾经在1919年出巡前线时所作的一次演说里用过。1919年8月2日在坦波夫的群众大会上,加里宁揭露那些在伟大的事件中想袖手旁观的、来自"文化阶层"的庸俗的自私自利分子,他说:"庸夫俗子想在残酷的斗争关头给自己懦怯的灵魂找求安宁是徒然的。聪明绝顶的白杨鱼的行为,归根结底还是逃不出梭子鱼的手②。现在只有一种方法可以缓和个人的痛苦:这就是参加斗争者的队伍,参加一个阵营。"③在加里宁的其他言论中还可以遇到引用谢德林的地方。

加里宁虽然热爱俄国文学,但他警戒人们不要试图把文学遗产一视同仁地理想化;他严格地分析个别作家的世界观和创作上的缺点,指出他们每个人在文学上的价值。因此,他坚决反对各色各样"中等的","一时性的",假人民的和假现实主义的文学,这种文学常常跟伟大的现实主义作家的作品同时出现。"我们不能向波塔平科④型的作家看齐,"米哈伊尔·伊凡诺维奇说,"虽然他在当时是一个比较出名的文学家……这是一种'一时性的'文学。"⑤

照加里宁的说法,契诃夫的一篇短篇小说"要比一切波塔平科、米

---

① 加里宁,《这几年》。
② 出自萨尔蒂科夫-谢德林的童话。
③ 加里宁,《演说和谈话》。
④ 波塔平科,帝俄时代作家,作品在革命前曾一时风行,但过后即不受重视。
⑤ 见本书《作家应该精通自己的业务》一文。

哈依洛夫-席列尔、爱尔丹等人的作品高明一千倍,至于萨洛夫、巴雷科夫之流更不必说了……这种人早已过去了"。①

米哈伊尔·伊凡诺维奇也讨厌那些身穿农民服装、思想上却和农民格格不相入的作家的装腔作势的假人民的风格。加里宁揭露他们那种"装腔作势、感伤主义、表面同情怜惜的"讨厌作风。文学上的各种现象,如作家的脱离人民、艺术家的思想落后或政治和道德上的堕落,总是要受到加里宁的谴责。

加里宁指出,在20世纪初资产阶级文化就明显地呈现了崩落的征象。这些征象也出现在俄国文学里:20世纪初在我们国内也可以看到许多消极颓废的学派,它们是统治阶级思想堕落的结果,是统治阶级害怕革命的表现。米哈伊尔·伊凡诺维奇说:"俄国资产阶级在政治上和文化上还没有兴旺,但对革命已经比对反动更加害怕了。这在艺术和文学上的清楚表现,就是散布自然主义、形式主义、象征主义、印象主义等等。总而言之,就是各色各样的颓废主义。"②

加里宁说他在阅读象征主义和未来派的作品时,心里总是充满一种难以忍受和抗议的感觉。

从资产阶级文化危机必然引入的迷途中脱身出来的出路在哪里呢?出路只在于革命。文学面前摆着一项任务,那就是高举无产阶级带给世界的伟大的解放思想的旗帜。加里宁指出:"随着高尔基的出现,文学重又获得了战斗的社会意义,特别是由于他的长篇小说《母亲》的出版。但现在主人公已经是工人了。这确定了一个事实:争取一切

---

① 引自革拉特柯夫《回忆加里宁》,载1946年第七—八期《新世界》。
② 见本书《论艺术工作者必须掌握马克思列宁主义》。

进步事物的斗争,已经转到工人阶级的身上了。"①

新文化的拥护者反对那种否定艺术遗产的文化作用的意图。遗产必须承认和保存——必须防止各种既不懂遗产、又不能创造性地掌握遗产的庸俗的解释者的损害。

加里宁在1928年说:"你们可以想像一下我要告诉你们的一个过去的例子。这是几十年以前的事了。在当时的一本杂志里曾经发生过论争,涅克拉索夫是不是一个赌棍。原来有些人并不把他看作一个极伟大的诗人,而把他看作一个赌棍。"②

加里宁所举的那个例子——这是最粗暴地把遗产庸俗化的事实,是用卑鄙地考据生活细节来代替社会性分析的例子。这种对过去的文化事实的假科学的"暴露"方法,以及与之相反的把往事一视同仁地理想化的方法,都是同样违反马克思主义原理的。应该创造性地处理遗产,从前进的革命的世界观的立场来评价它,并且大胆地吸收凡是可以利用到我们伟大的创造性工作上的东西。

加里宁对外国文学也总是很感兴趣。在他的著作里,我们可以经常看到引用塞万提斯、莎士比亚、歌德、巴尔扎克、海涅和其他古典作家的作品。其中有些作品(如塞万提斯的《吉诃德先生传》)米哈伊尔·伊凡诺维奇承认自己曾经读过几遍。他指出,欧洲的资产阶级古典文学,"总的说来是为资本主义社会利益服务的,不过它毕竟还产生了一些鞭笞资本主义的杰出作品"。他认为巴尔扎克的长篇小说《高老头》,就是这种鞭笞的光辉例子;这部小说他曾经在自己晚年的一篇文章里引

---

① 见本书《论艺术工作者必须掌握马克思列宁主义》。
② 加里宁,《论青年》。

用过。①

米哈伊尔·伊凡诺维奇还注意现代外国作家的创作。他熟悉威尔斯、齐奥诺、法朗士、雷马克的作品,知道新的政论文章。

加里宁要求西方的进步作家真实地描写资产阶级的现实。同时他又严厉地强调现代资产阶级文化的堕落,揭露法西斯主义对文化的野蛮态度,指出资产阶级已经尽了自己的历史作用,已经无力创造真正的文化财富。

1919年10月26日,加里宁代表苏俄政府向红军军官学校第二期毕业生祝贺,在都拉三千人的大会上发表了一次演说。加里宁在送别那些一开完会就上前线去打邓尼金的战士们时说:"这些壮烈的斗争场面,人们体验大苦难和大欢乐的斗争的场面——这些场面正在被研究和描写,并且将被写成最伟大的文艺作品。"

所以,还在苏联文学形成的时期,米哈伊尔·伊凡诺维奇就已经预见到,苏联文学的内容将是那些争取和保卫新政权、奠定社会主义国家基础的现代人的英勇事迹。照加里宁的意思,人民的生活和他们的英勇斗争,不仅规定苏联文学的内容,而且规定它风格的史诗性和它艺术形式的壮丽性。在思想性上,在规模上,在充满英勇的热情上,苏联文学应该超过世界艺术的最伟大创造。

加里宁密切地结合这些原则,提出了关于正面人物、表现新人和我国文化的人道主义性质的问题。加里宁的一次演说——1928年10月28日庆祝共青团成立十周年——就用了一个很有意思的题目:《为新的人而斗争》。他在演说里说:"现在,创造新人的任务比任何时候更迫

---

① 加里宁,《论我国人民的道德面目》。

切地摆在我们的面前。"①

米哈伊尔·伊凡诺维奇认为苏联文艺知识分子对教育新的人,负有相当大的责任。完成这个"庄严的"——加里宁的说法——任务,就是对全人类的进步事业、对提高文化和艺术的事业,作了最伟大的贡献。加里宁说:"如果我们能完成这个任务,那么,这就是说,在一般文化和艺术方面,甚至在人所遭遇的苦乐方面,我们推进了人类发展的事业。"②

这一切都决定苏联文学的重大社会价值。苏联文学的力量和它的基本特点之一,在于它创造正面人物的形象,作为教育青年后代的榜样。

苏联文学贯串着苏维埃爱国主义思想,它在内容上是乐观的,它按照新的艺术手法——社会主义现实主义的手法发展。关于这一切,米哈伊尔·伊凡诺维奇在他那篇著名的演说《论艺术工作者必须掌握马克思列宁主义》和战前的其他一些言论里都谈到过。

加里宁在1937年就规定了苏联文学的基本特点,他写道:"这种文学说明苏维埃国家各族人民的社会主义劳动,说明苏联的幸福生活。它是为社会主义建设事业服务的;我们的文学作品里的主人公,都是新生活的积极建设者——工人、集体农民、党员、工程师、共青团员、少先队员、经济工作人员,我们的作品的主题,就是我国各族人民的创造劳动。

"难道这一切不就是说明:苏联不仅成了一个先进的工业国,不仅

---

① 见1928年12月6日《共青团真理报》。
② 加里宁,《这几年》。

成了世界上最伟大的社会主义农业国,而且成了先进的社会主义文化的国家吗?"①

米哈伊尔·伊凡诺维奇鉴定苏联作家和评价他们的作品的根据,就是他了解苏联文学的历史作用和它高度的思想价值。

我们已经讲过,加里宁从少年时期起就热爱高尔基的作品。高尔基的创作在培养无产阶级阶级自觉上的作用,加里宁曾经在1919年3月庆祝高尔基五十诞辰时指出。当时的报纸用"亚历山大剧场(演出高尔基的《小市民》)"为标题,登载了这项消息:

> 庆祝马克西姆·高尔基五十诞辰的纪念演出,由彼得格勒市苏维埃主办,参加纪念演出的有党政、工会和文教团体的代表,全场满座……在演出之前致辞的有:代表亚历山大剧场全体人员的演员葛,代表彼得格勒市苏维埃的市政委员加里宁。
>
> ……加里宁指出马克西姆·高尔基像海燕似的在社会斗争中的意义,同时指出这位大作家的每部作品,在沙皇统治时代,对工人阶级的先锋队说来,都是一个重大的政治事件,引起他们热烈的讨论,并且鼓舞他们去作新的斗争。②

我们特别感兴趣的,是加里宁评定高尔基在我国文学史上所占地位的问题。加里宁在论述高尔基时,把他十月革命之前的创作看成苏联文学的前期历史。《海燕》的浪漫性和小说《母亲》的现实主义,仿佛

---

① 见本书《革命和文化》。
② 见1919年3月29日《艺术生活》。

预先规定了苏联文学的基本特点。

加里宁拿《海燕歌》直接联系到工人阶级争取自身解放的有组织斗争的开始,联系到十月革命的前期历史。

他谈到长篇小说《母亲》时说,高尔基用这部描写新时代主人公——工人革命家的作品,开始了无产阶级文学的发展。

由于全面认识高尔基的创作,并且在苏维埃时代跟高尔基作事务性和友谊性的会见,加里宁能够多次在自己的文章和演说里引用这位作家的作品,或者他参加社会活动的事实。远在1917年3月,那篇发表在《兵士真理报》上、用"工人加里宁"署名的文章《传闻》,就利用了《海燕歌》里的形象①。1922年,在那篇《赈饥运动总结》的文章中,米哈伊尔·伊凡诺维奇报道高尔基参加全俄救济饥饿委员会的消息。这个委员会是根据1921年7月23日全俄中央执行委员会的指令而成立的。1928年12月11日,加里宁在《关于1928—1929年大选》的报告中,引用了高尔基发表在《消息报》上的文章《再论机械公民》。在庆祝共青团成立二十周年的文章里,加里宁引用高尔基论青年的论文和日记达三次之多。

加里宁对杰出的苏联诗人——马雅可夫斯基和杰米扬·别德纳依的创作所作的评价虽然很简短,但意义却很深刻。他强调他们对祖国的无限贡献,和他们大胆的创作革新。

在苏联散文作品中,加里宁特别珍重肖洛霍夫、尼古拉·奥斯特洛夫斯基、革拉特珂夫和马留施金等人的小说。他指出这些作品描写现实的深度和具体性,提出其中苏联正面人物的形象。

---

① 见1917年3月15日《兵士真理报》。

加里宁对战争时期的作品作了许多文学性的评介。他非常重视用文艺来反映保卫祖国的斗争。

还在伟大的卫国战争之前的好多年，加里宁就指出了在文学中反映战争的两种不同方法：一种是把战争画面诗意化，浪漫化；另一种方法跟它相反，是用自然主义的方式来描写战争的痛苦和残酷。米哈伊尔·伊凡诺维奇认为必须克服书本上的表面概念，通过战争的各种否定方面，看到它内部的历史意义，他认为只有深入了解战争的目的，才能用现实主义的方式来反映战争。

这些思想，加里宁是在1919年的一次演说里表露的；当时加里宁并不想特地谈论文学的任务问题，他只是顺便提到在文学作品中所看到的那些战争场面。那篇演说就是1919年11月加里宁在拉蒙镇制糖厂举行的大会上所发表的，参加这次大会的有一千五百名工人和红军兵士。

加里宁在这篇演说里谈到了战争。他说："在书本里，在长诗里，在美好的短诗里，人们那么漂亮地描写战争，这些诗篇，我们之中有许多人在小时候都曾经学过。我们在乡村小学里学过《波尔塔瓦之战》。读到这些诗，你们的眼前曾展开一场真正的战争，它的壮美你们是完全可以理解，并且在实际上看到的。现在你们会想，所有这些诗都是海市蜃楼，战争中是没有什么美的，那里人民的精神也并不那么振奋，那里没有书里所描写的那些漂亮的行为和画面……"

接着加里宁又说："不过，问题是由战争的结果和作战的目的来决定的……当进行无情的斗争时，人们只充满一个思想——消灭敌人，而且只有消灭了敌人，人们才能开始进入和平状态，合理安排生活。"①

根据他这些话,可以很明确地对我国战争文学提出基本的要求:这种文学应该深入到所发生事件的本质,揭示事件的规律性,培养读者憎恨敌人的精神,巩固他们对胜利的信心。这种文学既反对把战争主题唯美化的企图,也反对不问战争性质的和平主义。

在拉蒙镇开过大会五年之后,加里宁在庆祝第一骑兵军建军五周年的会上讲话。他讲到当时正在准备出版的关于第一骑兵军的文集时指出:

> 青年应该充满战争环境所造成的那种尚武精神,而战争环境是能创造真正的尚武精神和军人友谊的。今天,在这第一骑兵军建军五周年的日子,我想提醒这两位同志,布琼尼和伏罗希洛夫,希望他们赶快把书印出来。②

战争文学应该真实地描写战争的困难来教育读者。这一点,米哈伊尔·伊凡诺维奇在法西斯德国侵犯苏联之前不久曾经说过,那是在1940年,当《芬兰的战斗》两卷集出版的时候(见本书《苏联文学》篇)。

所有这些要求决定了加里宁对战时所出版的苏联文学作品的态度。因为这个缘故他赞扬爱伦堡、戈尔巴托夫、考涅楚克、格罗斯曼、陀夫任柯③、西蒙诺夫、吉洪诺夫等人的作品。其中有许多作品曾经被加里宁推荐为战时政治鼓动的材料。

---

① 加里宁,《这几年》。
② 1924年11月18日《消息报》。
③ 陀夫任柯(1894—?),苏联戏剧家和电影导演。

米哈伊尔·伊凡诺维奇一向对文学家提出的最重要要求,就是创作要具有布尔什维克的党性。这个要求联系到为作家的世界观、作家艺术技巧的高度水平,"创造性地表现这种倾向性,党性"的能力而奋斗。文学作品,照加里宁的说法,应该是"现实主义的,充满思想内容的……要使事实本身,行为本身把读者引导到党性"。

从这些话里已经可以看出,加里宁对苏联文学提出了重大的要求。他一方面称它为世界上最先进的文学,承认它对人民所作的贡献,同时也清楚地看封存在于个别作家的弱点和毛病。在自己跟作家的谈话中,在公开的言论中,米哈伊尔·伊凡诺维奇不仅不掩饰自己的这种看法,而且屡次着重地指出。

他指出,我们还缺乏充满创作热情、把劳动诗意化的作品。

他说:"在不少场合,作家落后于生活。许多作家写的,都是些老生常谈;而新鲜的、独创的思想却不是常常可以遇到的……可是艺术作品的秘密——这就是要一下子打动读者,引起他的注意,用他觉得新鲜的、还没有人告诉过的东西来鼓舞他……"①

加里宁的这几句话,就是他对现代文学所提出的最重要要求之一:要求根据新的思想,根据锐敏地领会实际的现象,根据唤醒读者的觉悟和感情的能力来进行革新。因此,加里宁的有一次发言是值得注意的。那次发言跟文学问题并没有直接关系,但却非常清楚地表现出加里宁爱好革新者而厌恶那些重复大家都知道的东西的人们。我们所指的就是 1925 年 4 月 13 日他在第七次莫斯科省苏维埃代表大会上的演说。

米哈伊尔·伊凡诺维奇指出:"有两种通讯员,一种通讯员老是努

---

① 见革拉特珂夫的《回忆加里宁》,载 1946 年第七—八期《新世界》。

力探索新的道路,并且常常犯错误……";另外一种重复些大家都知道的事情。加里宁说他同情第一种通讯员,因为"……他们探索现实的道路,今天的道路,探索怎样用最少的痛苦和牺牲来克服实际工作者面前的那些障碍。"①

如果把这些话用在我国文学的任务上,那么,可以很清楚地看出,革新的问题是跟作家思想的成长和他掌握现代主题的过程有极密切的关系的:作家只有深入地了解自己同时代人的生活,才能成为新的道路的真正探索者,成为鼓励读者不害怕障碍并且帮助读者大胆地克服障碍的生活导师。

正确地说明当前重大的主题,就使文学作品对读者发生强大的作用,引起社会的广泛共鸣。加里宁说:"如果你们……接触到了群众感兴趣的迫切问题,如果你们解答了这样的问题,那么,一篇最普通的文章也会起重大的政治作用。为什么?因为它正巧击中了当前特别紧张的社会问题的那条弦线。如果你们敲打紧张的弦线,那么共鸣就特别洪亮。人民群众自己会创造这种共鸣,而巨大的成功也就可以获得了。"②

所以,某些作家喜欢走现成老路的习惯,他们的创作惰性,对当前重大问题的不关心——这一切就促使这些作家的创作落后于生活。米哈伊尔·伊凡诺维奇指出,没有思想深度、生活知识和真正创作热情的工作,产生的不是艺术作品,而是"朝生暮死的书本"。

"但某些作家的情况怎样呢?"加里宁在跟肖洛霍夫谈话时说,"他

---

① 加里宁,《这几年》。
② 1935 年 5 月 5 日在出版节上的演说辞。

们没有体验,没有感受,没有好好想过,匆匆忙忙就写出一本朝生暮死的书来,有的也许一年可以写两本……在你面前经过的不是有血有肉的活人,而是灰色的、没有血肉的影子,你又怎能记住他们呢?如果再加上作者拙劣的文字和绝不是无可指摘的作品形式,那就根本不必提了。结果,印刷工人和出版机关的劳动、纸张、金钱,全都白费。而且还要浪费读者宝贵的时间。"

"……照我看来,一本好的书,"米哈伊尔·伊凡诺维奇补充说,"在它的封面底下有生命在搏动,好像血液在皮肤下搏动一般,这种书即使不能被记住一辈子,也会好久地不被忘记,而且有被再读一遍的价值。"①

加里宁还指出某些以战争为主题的作品,没有能真实地描写现代的英雄人物,并因此把他们提到应有的高度(参看本书《苏联文学》篇)。

值得特别指出的是,米哈伊尔·伊凡诺维奇不仅批评作家,而且还给他们切实有用的创作忠告,他常常讲到文学工作的技巧,叙述材料的方法,描写人物性格的意义,描写自然景物的方法,等等。

加里宁关于人民创作和语言的言论也是很值得注意的。

加里宁说,在社会主义社会里不仅为职业性艺术的广泛发展建立了条件,而且也为人民创作的广泛发展建立了条件。民间文学是人民诗歌宝藏的源泉,凡是伟大的艺术家和诗人都曾经在自己的创作里利用这个源泉。另一方面,人民群众的创作也会促使伟大艺术家的产生和成长。米哈伊尔·伊凡诺维奇指出,在十月革命之前的民间文学中,应该把人民的诗的基础跟各种偶然混入的杂质——其中常常保存着过

---

① 见肖洛霍夫的《回忆加里宁》,载 1946 年 6 月 6 日《真理报》。

去的残余,如落后的人民信仰和概念等——区别开来。

苏联的民间文学,也像一般的苏联文学那样,存在着英雄史诗式的特点。苏联的民间文学充满社会主义的乐观主义,它记录了国家生活的大事和人民英雄的形象。

至于语言问题,大家都知道,米哈伊尔·伊凡诺维奇竭力主张文艺作品应该使用优美的语言。

照加里宁的话说来,语言不仅是人们交际的手段,而且是给人思想和感情影响的武器。模范语言必须向俄国古典作家学习,必须向布尔什维克党的领袖列宁和斯大林学习;俄国人民的活语言也是一座语言的宝库。艺术作品的语言应该是纯粹,通俗,富有表现力的,应该继承我国古典作家的传统,反映人民语言的丰富。艺术作品的语言反对抄袭摹仿、堆砌浮辞、千篇一律、华而不实、陈辞滥调。事实上,不是所有的苏联文学作品都能符合这些要求的。精通语言是作家的最重要任务,因为"没有知识,没有对祖国语文的真正知识——加里宁警告说,——谁也不能成为真正的作家,永远不能。"在加里宁担任苏维埃国家最高政权机关领导人的职位二十五周年时,《消息报》写道:

> 米哈伊尔·伊凡诺维奇·加里宁的话朴素明白,充满智慧,从他的话里可以看出,他广泛地了解人们和人们面前的任务,沉着老练地把群众的力量引导到国家的轨道上,他的言论永远是领导群众的杰出榜样。[1]

---

[1] 见1944年3月31日《消息报》。

这个鉴定对加里宁的文学言论是完全适用的。这些言论就是通过朴素明白的形式,广泛地提出思想和创作任务,表示国家对文学问题的看法。这些言论,我们已经指出,是运用马克思列宁主义分析文学现象的实例,对我们是有重大理论价值的。

这些言论对苏联文学的创作工作者是具有不可估量的意义的,因为这些言论可以指导他们的活动,并且在他们面前提出高度的思想任务和美学任务。

最后,这些言论对文化战线上的一切工作者——鼓动员、讲演员、图书馆管理员、教师都是很重要的,因为这些言论可以帮助他们正确了解文学作品,以便在自己的实际工作中利用这些作品。

本书所收集的加里宁言论,几乎包括了他从事社会政治活动的全部三十年时间(从1917年起,到1946年止)。

全部引用的材料都是根据加里宁在世时最后出的版本。

材料分两部分。第一部分包括加里宁关于文学和民间文学问题的最重要言论。这就是1934年跟青年作家的谈话(全部),1939年在艺术工作者大会上的演说,1940年10月2日在莫斯科党的积极分子大会上所作的报告的一章和略有节缩的谈话记录《谈谈通讯员和通讯》(1944年)。收在这一部分里的还有加里宁的演说《谈谈农村通讯员的任务》,这篇演说虽然不是专门谈论文艺,但却说明了不少文学创作方面的重要问题。由于这一部分的所有材料都是根据年代排列的,那篇在1924年所作的谈话《谈谈农村通讯员的任务》就放在第一篇。

第二部分所包括的加里宁的言论,是我们从他的许多论文、小册子、演说、报告和谈话里摘录下来的。这一部分的材料跟第一部分不同,大都是片断性的。这些材料根据题材分成几篇,篇名是编者加的,所以用上引号。这种划分不是绝对的,因为篇名所表示的那些问题("革命和文化"、"18世纪和19世纪的俄国文学",等等),在第一部分里也可以找到反映。引文大都注明出处和发表的年份。

伊·爱文托夫

一

谈谈农村通讯员的任务

作家应该精通自己的业务

论艺术工作者必须掌握马克思列宁主义

论共产主义教育

谈谈通讯员和通讯

谈谈农村通讯员的任务①

同志们,要对农村通讯员讲些话,给他们一些忠告,很不容易,因为,我认为农村通讯员的工作,具有特殊的困难。问题在于什么人写什么东西。我认为写跳舞晚会、外交接见和群众大会,要比写平常的农村事件,或者农村中出现的新现象,容易得多。

写外交接见,写农村事件,虽然都不容易,但我认为后者到底比前者更困难。外交上的接见,总有一定的格式,因此描写起来也要简单些:某某人在某时某刻讲了些什么话。描写这种事情,不需要特别动脑筋,一个人只要稍微会讲些话,他就能描写。写农村事件就要困难些。必须写得使人读起来兴趣盎然,不觉得枯燥乏味,并且要一针见血。必须使人读了一篇通讯之后,不能无动于衷,而深深地为它的内容所吸引。

一个通讯员应当彻底体会他自己所写的东西。我曾经试着写作过

---

① 本篇是 1924 年 2 月加里宁在《贫农报》全苏农民通讯员大会上演说的记录稿。全文登载在 1924 年 2 月 8 日的《贫农报》上。这里略有删节。

（我也写过不少通讯），我发现写作时如果没有感情，写出来的东西一定很坏。而且很困难。你只好勉强自己去写。如果你勉强编写一篇通讯，你会感到写出来的东西是干巴巴的。读的人也马上会觉得它缺乏生气，这是理所当然的。仿佛觉得里面话是有的，写得也不坏，可是却不能吸引读者。要使一篇通讯写得好，做通讯员的就必须被他自己描写的那些热情所激动，但这一层当然不是每时每刻都能达到的。因此，一个通讯员就只能写那些使他深深感动的事件。这是第一点。

我说的只是关于我个人写通讯时所遇到的困难的意见。第二，表面上看来，有人会觉得很简单：似乎一到农村，马上就可以动手描写房屋，描写人物，描写各种现象。但是当你拿起笔来，你就会发现这可不容易。你不能用三言两语把一个人的面貌勾划出来。这里需要丰富的感情，但同时也需要广博的学识。做一个通讯员并不简单。要一开头就下笔千里，那是办不到的，必须多多学习。每一篇通讯，尤其是长篇通讯，必须使人看得到生活，而生活只有在人们中间才能看得最清楚。因此，如果我描写森林、树木、家庭用具，如果我描写这一切，那我就一定要放一个人物进去，而且要使他活动，使他思想，使他工作，使他感觉，使他充满感情（我不是指个人的感情，而是指社会的感情）。怎样把人物写进通讯里去，那是最困难的问题。我从前写通讯，就有这样的感觉。第一，要了解他，第二，要三言两语把他描写出来。我们读普希金和屠格涅夫的作品，我们觉得写作很容易，仿佛提起笔就可以写出来似的。但当你自己写的时候，就会发现，要用十句话使读者看到一个活生生的人物，是多么困难。但如果你在写的时候，不好好地刻画人物的面貌，那么他的行动也就无法使人完全理解。你应当用三两句话，就使读者能够想像你所描写的人物,和这个人物的行动。你一动笔就会发现,这可不太容易。要写通讯,就必须做许多工作,学许多东西。通讯员这项职业是最困难的职业之一。没有一种专家比通讯员更需要修养的了。照我看来,对通讯员的第一个要求,就是要他善于体会和感受他所写的农民的那些感情。

譬如说,他描写农民的贫穷,他就首先必须被这种贫穷所感动。他描写事件,他必须衷心关怀那些事件。这是以后取得成功的要素。如果他衷心关怀这些事件,那在他的通讯里也会表现出来。

这个问题的另一方面,通讯员应当知道他所写的对象。因为,凭空写你不熟悉的事物,是很困难的。既没有语汇,又没有什么东西可说,结果就弄得空话连篇。但我们的读者现在却要求不写空话,因此,如果你写农民,你就必须知道农民的样子。而如果你知道他,写起来也就容易了。不过,最基本最重要的事,就是通讯员要通晓俄文。我读过很多书,读的不比任何一个知识分子少,我读过各种优秀的古典名著,但我总觉得我的俄文程度很差,写起来笔头很枯,以及诸如此类的毛病。语文知识起的作用很大,因此做一个通讯员,就必须精通俄文。一个善于写作的人,常常能把一件小事情写得很像样。例如,德国诗人海涅就有登峰造极的文字艺术。即使是一首关于鼻子的诗,也写得使人钦佩。你们一读到他描写树叶子的飒飒声,就会被他的诗句所吸引。你们会感到惊奇,为什么读这种描写树叶子飒飒声的诗句也不觉得乏味,反而会被它吸引。为什么呢?因为他的文字很美,因为他描写得很美。事实上,通讯员在这方面应该是一个作家,他应该有才能,他应该感觉敏锐,但只有敏锐的感觉是不够的,他还应该多多学习。我想,写农民生活决不是说就不需要学习。

我在开头指出，写城市里的大事件是容易的，写这种东西，不需要特别的学问；但是写农民生活，就需要特别的学问了。我说学问，并不是说你们应该念毕大学，你们应该学数学等等。我说学问，是说通讯员应该善于批判地看待每一个问题，他应该有能力从各方面来分析它，他应该具备一般的知识，而并不是说他应该成为一个数学家。数学家在其他各方面有时倒是一窍不通的。对一个通讯员就要求他全面发展，具有各方面的知识，要他能够从个别的小现象概见一般的现象。譬如说，你们来到农村里——农村里事件很多——你们可以从早晨的挤牛奶说起，但你们应该使你们的描写不枯燥乏味，应该善于选择材料，这些材料一方面是带有普遍性的事实，而不是什么特殊的事实，这样，一个农民读了你们所写的东西，他就知道通讯员在写他们那儿的日常生活。但同时在写作的时候，通讯员应该暗示这个生活里的新事物。如果你们只从表面上去复述生活，那你们就像在复述旧的事物。当然，人不会天天都做些新事情，人今天吃饭，明天吃饭，天天都要吃饭，但事实上，吃饭这件事也绝不是千篇一律的。难道你们今天吃饭跟昨天吃饭相同，或者明天吃饭跟今天吃饭一样吗？当然不是的，今天的生活，可不是昨天的生活，要不然人就不会变化，人就永远是一个样子，但我们却先是生长，然后衰老，再是死亡。人在生活中没有一秒钟是静止的。因此，如果我们写生活，就不能使人觉得我们的通讯是在表现旧的事物。抓住生活——这是做通讯员最困难的事。

应该写生活中存在着的东西，譬如说，现在你们上街去，在街上看到了生活；你们就应该抓住这个生活，并且把它写到纸上来。有时你用心把它写到纸上来，可是写出来的却不是生活，而是木头，因为你不是在过程中、在运动中表现生活，而是把生活固定在一个地方；你写的就是死人，而不是人的生活。

这就是做通讯员所面临的最困难的任务。我想，这种才能——善于描写生活——是天赋的，它是无法创造的。人们描写事物，往往把生活写死了，仿佛生活是停滞不变的。因此，不能抓住生活，写出来的通讯总是枯燥乏味的，即使你写得很美。这情形好比问，我们情愿看活的美人，还是看最杰出的大理石雕像。雕像不论怎样美，我想大家还是情愿看活的美人，至少百分之九十九的人情愿看活的美人。这是很自然的事，因为凡是人都爱生活，一个健康的人不能不爱生活，情愿看活的东西。

有时我看到一篇十行的通讯，我想作者在写这十行文章的时候，自己一定很激动，很兴奋，因为在字里行间也可以感觉到的。你读到这样的一篇通讯，你会钦佩地想："啊，那个家伙多么激动呀。"这就是摆在通讯员面前的任务。我个人认为，一个有才能的通讯员才是真正的通讯员，如果他写农民的事情，那他写出来的东西，即使在最时髦最华丽的客厅里，也会有人读的——生活不论在什么地方，总是很吸引人的。关于农民的创作并没有什么特殊性。有人说，给农民写作要用特殊的语言，要甜蜜，要温柔。这是胡说。农民爱好最普通的、优美的、规规矩矩的俄文。（掌声雷动）但规规矩矩的俄文是要从研究俄文得来的，因此，凡是通讯员都应该好好地研究俄文。我可以说，我读过很多书。我现在身居国家的高职位，如果有人问我，我什么东西感到不够，我会说，我的俄文程度太差，我总觉得我的俄文知识太少了。因此，每个通讯员面前都摆着一项任务——研究俄文。许多人以为研究俄文，会丢掉农民的语言。这是不正确的。农民说的俄国话，也跟其他的人说的一样。而那些俄文修养不好的人，倒不会说农民的话。

你们可以读读最优秀的俄国古典著作。就拿普希金来做例子吧。这位作家好像是为"上层社会"写作的。或者说屠格涅夫吧。你们可以读一读他的《猎人日记》或者任何一本小说。你们会发现,他的文字是多么简洁,多么好懂;你们拿这种小说读给一个普通的乡下女人听,她一定很能领会。因此,不必去迎合农民。农民发现你在迎合他,你就失败了。一个人故意把语言简化,以为他面前的听众都是水平很低的,那他就失败了一半。反过来,如果你讲话的时候知道听众并不比你笨,那你所讲的,个个都能懂得,并且看得出来,你跟他们谈话,是跟知识、文化、精神平等的人在谈话,农民会感觉到跟他谈话的人是跟他平等的。如果农民发现话里有虚伪的地方,那么,这样的通讯,农民是决不会读下去的。

上面所说的,就是我认为最主要的事情。我重复地说了几遍,但我是故意这样作的,为了要强调最主要的事情,就是:做通讯员应该善于体会他所写的那些现象的毛病。我发现,如果你在说话的时候,自己也很激动,如果你说的话把你自己也感动了,那么,即使你的听众很多,你的话又讲得不好,听众还是会全神贯注地来听你的。有时你说话好像一架留声机,而听众却唉声叹气,打呵欠,打喷嚏等等——假如听众的情形是这样的,那么读者也就会在通讯里捉出假话来。读者是最严格的鉴赏家,因此谁开始写作,先应该知道:他有没有写作的愿望。第二,他应该熟悉他所写的东西。我们还不晓得他有没有把感情放进去。那是我们无能为力的。如果他硬挤出一篇通讯来,而且读者发现它是不真实的,那么,作者就要失去威信。

第三,通讯员应该研究俄文,他应该善于描写。我个人认为这是一项艰难的任务,我曾经试着描写森林、道路。你到西伯利亚去旅行,你可以看到动人的美景,别人也许会写出许许多多美丽的图画来。但你去时,也可能只看见到处都是垃圾、折断的树木、残枝、无止境的森林,仿佛没有什么东西好描写。做通讯员必须掌握语文和想像力,想像力是跟性格有关系的,但语文只要下功夫就行了。

至于社会现象问题,我不打算说什么。我想这个问题跟你们已经说过很多了,因此我认为谈这个问题是多余的。我想,农民写农民,他不能不写农民的利益。你们既然是农民,而且又住在农村里,那么,你们生活的主要利益,也就是农民的利益,因此,我用不着在这儿搬弄政治的教条。当然,我说这话,并不是说每一个农民、每一个通讯员,不需要在政治上成熟。假定说,有两个人——一个是党员,一个不是党员——如果是党员,那他表现在什么地方呢?表现在所谓唯物主义的世界观上。共产主义者,这就是用辩证唯物主义武装起来的人,他是在不断的运动中观察世界的。我以前说过,整个的人是在永远变化着的:今天的他不是昨天的他。我们是在不断的发展中观察世界的。这是一块石头。它每分钟都在变化,但变得很少,以致肉眼看不出来,好像钟表的时针一样。这种发展是由极微小的点滴积累起来的。

国家、社会的进步也是不可捉摸的,它是一天一天地发展的,这种发展是由极微小的、目不可见的部分积累起来的。等到革命的力量积累到足够的数量,而这种力量又找不到合法的表现方式时,于是就发生革命危机。我们这儿的情形就是如此:革命的力量积累起来了,但它没有出路,于是就通过革命斗争而突破出来。

……我们的工人阶级是革命的,因为每次经济上的胜利,都是他们用巨大牺牲的代价换来的,因为要增加十个戈比的工资,他们必须组织同盟罢工,他们被抓去坐监牢,于是,他们对沙皇政府的憎恨,就日积月累,越来越深。享受不到法律上的权利,被地主压迫——这一切都使憎恨加深,要不然,也许不会用那么彻底的形式来解决了。革命危机只是人民不满情绪日积月累的结果。我们的发展是一分钟也不停止的,现在我们的情况,跟十年之前的情况大不相同了。现在我们努力把自觉性注入到我们的运动中去,我们想,我们应该实现这个,实现那个,实现共产主义建设,实现共产主义生产。我们已经有了一些管理的制度,有了一些计划性,等等。我们这儿自发性很强,但自从无产阶级取得政权以来,情况到底有些改变,无产阶级在自己国家的发展上,已经实行了一定程度的计划性,而资产阶级国家目前还是不按照计划发展的。

没有一个政府,没有一个欧洲国家,希望前进,它们只希望保持现存的制度,保持现在所有的东西……

因此,谁是共产主义者,谁就应该用共产主义的世界观去对待生活里的每个现象。譬如说,他不论写一件什么小事,他就立刻应该以共产主义者的身份,去评价这件事,确定它是旧事物的反映,还是新事物的反映。看它所反映的是过时的没落的旧制度,还是新文化和刚出现的新生活。一个共产主义者,即使他在自己的通讯里没有谈到这一点,他也应该设法使你们能够在读他通讯的时候感觉到,这件事在本质上是新的还是旧的。因为共产主义者不能不让人家感到这一点。

……至于谈到阶级路线,在执行的时候就必须十分巧妙。如果我们说:某人侮辱了贫农,我们为他掉眼泪——这就不是一个聪明的通讯员,而只是一个书呆子,共产主义的书呆子。这种人我们这儿很多。他们是共产主义的蹩脚推行者。共产主义应该由那种人来推行,他们虽然嘴里不说共产主义,但人家听了他的叙述,可以用他们自己的头脑做出结论来。因此,我在这儿不跟你们谈共产主义。如果一个人在心底里是共产主义者，那他自然就会以自己的见解，自己对各种现象的态度，来推行共产主义路线。如果一个农民写通讯，他自然而然地会把农民的心衷露出来。说有些农民会保护英国贵族的利益，那等于说天下有白色的乌鸦一样，我可从来没有看到过（笑声）。照我看来，一个通讯员在学识上应该超过一个农民。描写农民的贫困非常简单，但光描写是不够的。还要从农民的贫困中找寻出路，至少应该指出，这种贫困由于某种原因，只是暂时的现象……通讯员应该找出远景、希望和乐观精神，使人家能够衷心相信，目前贫农所受的痛苦是暂时的。通讯员应该站得比农民高。我说他应该有很高的教养，并不是指他应该念毕大学，而是指他应该善于反映农民的需要。他应该站得比农民们高。当然，他应该在政治上很开展，而且我以为他应该是一个共产主义者——如果不根据党籍，也得根据信仰——因为，如果他是一个严肃的人，最后一定会走向共产主义……

因此，任务就在于使他不错过时机，不要成为一架普通的留声机或感光板，因为有时一个照相师也能很好地描写农民的贫困，但照相到底只是照相罢了。而艺术家绘画，你会感到仿佛你的面前站着一个活的人。这就是说，艺术家把灵魂也放了进去。只有一个共产主义者能够解释任何现象的原因，不但解释，而且能够指出消灭的途径……

作家应该精通自己的业务[①]

你们之中不止一个曾经提出这样的问题:做一个作家,首先必须知道些什么?

作家怎样做起呢?首先,必须要有想说些什么的要求。如果没有这种要求,人就永世不会成为一个作家。不过,当然啰,光有这种要求是不够的,人必须有本领把他心里想说的话说出来。

要做到这一点,首先必须通晓俄文。如果你们不精通祖国的语文,你们之中又有哪一个能成为作家呢?如果一个人不懂得文法,譬如说连"牛"字的拼法都要搞错(我们这儿有这样的人),他又算得来什么作家呢?文学——这是一种专业,一种特殊的工作,而且应该说是一种极艰难的工作。

你们在这儿谈到自己写作上的失败,埋怨你们的作品登得太少。

---

① 1934 年 5 月 15 日加里宁在克里姆林宫里接见十九名青年作家,他们刚在苏联作家协会组织委员会和《农民报》合办的专修班里修业期满。热烈的谈话继续了两个多钟头,青年作家们向加里宁报告他们学习文学的经过,并请求加里宁对他们的创作工作给以指示。本文就是加里宁对他们所作的讲话。

难道你们想摇身一变成为作家,而"名震天下"吗?我们这儿有人写了一篇特写,就想马上给它发表。不,你们去写十篇特写来,要是第十篇能够被报刊采用的话,那已经算是很好了。如果我们写多少发表多少,连纸张也要不够了。

谁想成为一个作家,我劝他仔细去读一读巴尔扎克的传记,去了解一下巴尔扎克为了要跻身于大作家之列,曾经作过一番怎样艰苦的奋斗。你们会说,巴尔扎克是一个资产阶级作家。

不错,资产阶级的环境当然使他的奋斗遭到许多困难和屈辱。在我们这儿没有这种情形,然而,在我们这儿要成为一个大作家,却更加困难。为什么?因为我们这儿文学的吸引力要强大得多,因为我们在文化方面不断成长中的读者,对于文艺作品的要求,越来越大。在国外,一百万人之中只有一个可以"出人头地",被公认为作家,但在我们这儿,几乎每五十个识字的人之中,就有一个——作家。当然啰,其中百分之九十是要被淘汰的。差不多每个青年人都有写作的愿望,而且认为凡是他所写的,都会有人读。不过,谁要是想一本正经地写作,他就应该学习。他必须拿起文法书,坐定下来,用心学习。

你们这儿有人谈到函授教育,函授学校。要一毕业就学会写作,那是不论读什么专科都办不到的。当然啰,学校和专修班可以给我们一些帮助。不过,你们现在所念的专修班也不能教给你们很多东西。专修班只让你们知道一些方法,使你们懂得怎样读一本书,怎样分析一本书,怎样从一本书里汲取必要的东西。

然而,没有知识,没有对祖国语文的真正知识,谁也不能成为一个真正的作家,永远不能。

其次——怎样学会写作呢?同志们说,他们希望大作家能够对青年作者进行个别辅导。就算凑巧有这样的机会吧。但是,一般说来,作家都是蹩脚教师。他们自己有时也不能完全理解自己的作品。譬如拿果戈理来说。谁更了解他的作品呢,是他自己还是别林斯基? 我认为别林斯基对果戈理作品的了解,超过果戈理自己。

如果你们要写文艺作品,首先就需要才能。没有天赋的才能,你们就不能成为艺术家。

在年轻的时光,我也问过一些有经验的人——怎样可以学会写作? 要做一个作家,必须做些什么? 当时工人有觉悟的很少,一个自觉的工人,周围倒有一百个知识分子,他们都想"帮助"他。当时人家对我说,学习很困难,没有一所学校,没有一本指南,可以教会人写短篇小说。只有一些旧书,教人怎样做学校里的作文。不过,它们主要只教给人一些写法规则罢了。

每个作家都有他自己的风格。

如果要成为一个作家,必须拿一些文体优美的作品来作为范本。

你们希望有什么人来教你们写作,你们希望斯塔夫斯基①来教你们。你们希望写出比斯塔夫斯基更杰出的作品来。要做到这一步,必须向古典作家学习,譬如说,向屠格涅夫学习。拿果戈理来说。为什么他能那么清楚的表达思想呢? 为什么我们的古典作品百读不厌呢? 现在我们还没有一个能够像他那样鲜明地表达自己思想的文字大师。列夫·托尔斯泰虽然在语言上有些简单化,但我们还是需要多多向他学习。文选、读本,对于基本的训练当然也有所帮助,但它们不是——如

---

① 斯塔夫斯基,现代苏联作家,以写报告文学著名,著有长篇小说《逃散》,在苏联卫国战争中牺牲。

果可以那么说的话——语文的本源。语文的本源,应该归于普希金、果戈理、冈察洛夫、高尔基和我们其他的古典作家。

你们试拿冈察洛夫的《巡洋舰小惑星号》来读一遍。你们说枯燥乏味吗?你们要从文字、体裁的观点去读——一个作家应该那样阅读——这样就一点也不会觉得枯燥乏味了。你们必须不光是读些你们所喜欢的东西。如果你们要成为一名大师,一名苏维埃时代的大师,你们必须向上代学习,必须掌握人类已经取得的最优秀的成果,然后再由此推陈出新。那些存心想走上文学的康庄大道而此刻在埋怨他们的书没有能出版的作家,必须记住这一点。他们的这种埋怨,当然是毫无理由的。显然,废话是谁也不愿意出版的。我必须老实不客气地说一句:我们这儿废话连篇的东西已经出得太多了。我们出书的任务是教育群众,可是我们却常常印行满纸荒唐的东西,结果只好送到废纸工厂里去回炉。

我觉得你们大家都想回避困难,都想把一切推在客观条件上——不是说帮助太少,就是说注意不够。这是不对的。你们瞧瞧肖洛霍夫吧。他的《静静的顿河》,我认为是我们最优秀的一部文艺作品。某几个地方写得特别生动有力。可是人家是在外省,在小村子里写的呢。但从文字上可以感觉到,他曾经作过长期顽强的学习,而任何初级杂志都不曾帮过他什么忙。我不相信他在写成《静静的顿河》之前,对我们的古典作品不曾下过一番功夫。

肖洛霍夫外表非常朴素平凡,但我们知道他下过长时期的苦功,而且现在也一定仍旧在孜孜不倦地工作。

开头你们可以有摹仿古典作家的情形——不要怕,在起初一个时期这是没有害处的。生活会培养出自己的风格来的。即使你们通晓屠格涅夫,并且试图摹仿他,你们不要忘记我们离开屠格涅夫的时代远得很。屠格涅夫是不会把你们拉回到农奴制时代的俄罗斯去的。这种情形决不会发生,然而他的写作技巧是可以利用和必须利用的。古典作家是我们的第一级,所谓文学上的"门径"。

做作家的第二个条件,就是知道他将要写的东西。假使你们好好地掌握了形式,这还不能说,你们已经会好好地写作了。你们还应该知道你们将要写的东西,知道使你们激动把你们占有的东西,因为,一个作家当然应该写他所熟悉的东西。你们必须研究你们打算描写的那个环境。

你们生活在集体农庄里,你们是农村通讯员,你们想写农村。显然,如果你们想创作一部文学作品,那么就必须天天观察你们想描写的那个环境,留心具有特征的面貌和喜爱的谈吐,并把一切写在笔记簿里。一切都应该好好地记录下来,以便一旦需要的时候可以拿出来应用。凡是大作家,像这一类笔记,都写过极多。

所有伟大的作家都非常注意人民的语言。

作家应该会观察,会选择最典型的东西。你读一部伟大的作品时,你常常会一会儿在一个形象里,一会儿在另一个形象里发现你自己,发现自己的某些特征。这一切都是事先下过一番大功夫而达到的。

再次——是属于政治的范围——一个人掌握了形式,精通语文,能够观察,写满的笔记簿不止一本,这时他又产生了一个问题:怎样概括积聚起来的材料,怎样把这些材料变为文学作品。这里就得用政治。当然啰,要最好地概括积聚起来的材料,就要做一个马克思主义者。我们这儿共产党员很多,但有修养的马克思主义者就要少得多。一个共产党员明白党纲,执行党的决议,稍微知道一些马克思主义的基础,但马克思主义本身却往往知道得很不够。

一个作家既然要在广大的群众面前说话,他当然应该知道马克思主义的哲学。如果一个作家对马克思主义的认识很差,对马克思、恩格斯、列宁、斯大林的认识很差,他决不能写出任何马克思主义的伟大作品的。

一个真正的苏联作家应该是一个马克思主义者。

你们自己明白——一千个作家写作,就是希望其中有一个能够成为世界闻名的大作家。不这样做是不行的。必须让千万人试试自己的力量。

作家应该是一种最有文化修养的人。否则,如果他的文化水平低于周围的人们,他又算得上是什么作家呢?他又能教什么人呢?又能拿什么东西来教人呢?

同志们提出这样的一个疑问:注重质的提高,会不会影响到量的减少呢?关于这层,你们是用不到担心的。因此我也不怕在这儿向你们列举各种困难。要知道青年人是不断地在生长着的,他们将代替你们的位置。青年在生长着,而其中许许多多人都具有做作家的愿望。我不知道在青年时代不曾写过诗的人是不是可以找到很多?担心作家的数量不够,那是没有必要的。我们必须指出道路,即使是艰难的道路,但希望从千百万人中产生伟大的人物。我们不能向波塔平科型的作家看齐,虽然他在当时是一个比较出名的文学家。在我们苏联文学界里有很多这样的作家。这是一种"一时性的"文学。我曾经读过约莫二十本波塔平科的作品,可是现在连一本也不记得了。那时,除了他的作品之外,我还读几位大作家的作品。那些作品却留在记忆里。

你们指出我们的杂志洋洋大观,登满文章,但那里很少好的作品。

而我希望你们中间至少有一个将来能成为第一流的作家。你们必须前进。也许,你们之中没有一人能走得很远,但只要有这样的志向,也就很能提高一个人的修养。有了这样的志向,他在各种环境里都会变得更伟大,即使他不能成为一个真正的作家。

如果有人问我,谁最精通俄文,我会回答——斯大林。必须向他学习文字的简洁、明白和纯净。你们试把斯大林所说的任何思想,叙述得更简短一些看!

我祝你们工作成功,我要对你们说一句临别的话:不要丧失信心。当你们的作品成为废品时,尤其不要失去信心。遇到这种情形时,你们应该对自己说:"成了废品,写第二个,再成废品——再写。"如果你们不想写,最好还是不要写。但如果想写,就要顽强地坚持到底。你们的两篇作品没有登载,你们写第三篇、第四篇,直到成功为止。只有这样你们才能好好地写作,并且成为一个真正的苏联作家。

1934 年

论艺术工作者必须掌握马克思列宁主义[①]

同志们，有人对我说，到这里来开会的，都是些戏剧工作者——演员，但事实上听众要更广泛些：这里有着各种不同的艺术工作者。虽然如此，我还是从戏剧谈起。

这是跟文学最接近的一种艺术。那些有才能的大作家的优秀作品，常常跟戏剧密切结合。例如，莎士比亚、歌德、普希金、格利鲍耶陀夫、奥斯特罗夫斯基和别的作家。戏剧艺术跟文学有很多共通之处。戏剧在许多场合不仅补充文学作品，而且更鲜明地反映文学作品的思想，使群众更能接受、更能领会、甚至于更好地理解一部作品。

俄国文学在全人类思想的发展上，作了很多贡献，并且占有一个光荣的地位。普希金、托尔斯泰、高尔基、他们都是伟大的艺术家，都是世界性的大作家，同时他们又是真正的俄罗斯作家，他们反映了自己的时代和俄罗斯人民的特征。

[①] 本文是加里宁在1939年莫斯科艺术工作者大会上演说的纪录稿，登载在1939年6月10日的《消息报》上。这里略有删节。

俄国戏剧和它在俄国人民发展上的作用，是跟俄国文学和它意义的增加平行地生长的。普希金、格利鲍耶陀夫、果戈理、奥斯特罗夫斯基等人的作品，稳固地奠定了我们戏剧的基础；再有像别林斯基和杜勃罗留波夫那样出色的批评家也非常注意戏剧的发展，注意演员的艺术创造。请你们回想一下，别林斯基多么重视莫恰洛夫①的演技，他用多少辉煌的篇页来描写他的艺术创造！

一般说来，我国的戏剧工作者享有光荣的传统。我只举几个我所记得的名字，例如：诺维柯夫、已经提到过的莫恰洛夫、史迁普金、萨文娜、玛丽雅、加夫里洛夫娜、萨陀夫斯基一家，等等。这些名字都深铭在有文化素养的苏联人的脑子里。一百年来，有文化素养的人们始终记得这些名字，单是这个事实就非常清楚地说明，戏剧在人民文化生活中的重要性和价值。

歌剧和芭蕾舞剧原是比较远离人民的：彼得堡的玛丽英剧场和莫斯科的大剧场一向受着宫廷的监督。这就是说，它们不是人民的文化和音乐的中心。私营的、外省的歌剧很差，而票价却很贵。因此，真正的人民演员，在歌剧场和芭蕾舞剧场里是没有的。

虽然存在着自上而来的压力和私营剧场老板的投机，我们的音乐艺术仍旧拥有不少出色的作曲家和音乐家。例如：格林卡、达高梅日斯基、巴拉基列夫、包罗廷、李姆斯基-柯萨科夫和莫索尔斯基，尤其是莫索尔斯基，关于他，俄国著名的艺术学家和批评家斯塔索夫曾经说过这样的话：他是"有资格列入后代将为他们竖立纪念碑的那批人之中的"。

俄国的造型艺术，也在沙皇专制和资产阶级与地主的压迫下，不屈

---

① 莫恰洛夫（1800—1848），俄国著名悲剧演员。

不挠地发展着。我可以举维尼恰诺夫、费陀多夫、克拉姆斯科依等人的名字,此外,尤其值得提出彼罗夫和列宾这两个名字。他们都是杰出的大师,是值得俄国人民引以为荣的。

你们在找寻更好地为人民服务的途径。你们为了找寻这些途径而去研究马克思列宁主义,你们做得很对。不过你们要注意,研究马克思列宁主义,并非就毋需精通自己的业务,而是正巧相反,必须成为有高度水平的大师。

你们可以回顾一下,俄国的艺术思想,包括文学、戏剧、绘画等一切所谓"雕塑的"和"缪斯的"艺术,过去是怎样为人民服务的。当时艺术的力量在哪里呢?——它在于伟大的艺术家用自己的才能和技巧,按照自己的见解来表现人民的愿望。他们在这方面获得重大的成就,因为他们是当时俄国社会的先进分子。这点从俄国文学史上也是很容易看出来的。

拿屠格涅夫来说,他是最伟大的作家之一。有一种普遍的意见,认为他在艺术形式方面是一个第一流大师。但如果我们分析一下他的作品,也可以在其中看到社会内容。你们就拿他的《猎人日记》来看吧:这儿在像图画一般鲜明的真正艺术形式里,在大自然的怀抱中,表现着普通人——主要是农民——的活生生的形象。还有什么比屠格涅夫笔下的这些人物更不得罪人、更不问政治的呢?然而,当时最杰出的批评家却热烈欢迎《猎人日记》,因为他们在其中找到跟他们信仰一致的内容。这些批评家认为保护受到不公平待遇的人们,是评价一部文学作品的决定性标准。

在《猎人日记》里出现了一些农奴,他们也像所谓"有文化素养的"人们一样,具有人类的各种感受。屠格涅夫通过一个农奴的形象,表示农奴也像一切人那样,应该享有各种人权。不错,作家并没有说到这些权利,但它们却自然而然地表现出来,并且激起读者的思想。这样,在当时的条件下就起了政治作用:引起了农奴主的愤慨,但鼓舞和加强了进步力量。因此,屠格涅夫每出一本新书,就引起各个不同文学团体间的尖锐斗争和各种评价,这也是不足为奇的。他的长篇小说《父与子》就是一个很好的例子。

这一切都说明,屠格涅夫的创作不仅具有艺术的价值,而且还具有社会和政治的意义。我认为这种意义使他的作品获得真正艺术的光彩。如果从屠格涅夫的作品里除去社会和政治的内容,那么它们就不能在俄国文学史上占据那么光荣的位置。

我们可以很有把握地说,屠格涅夫曾经在俄国社会里探求进步现象,并且努力用艺术的手法把它们反映出来。在这方面他对俄国社会思想的发展作了很大的贡献,虽然他自己离开那些跟专制、奴隶制、尼古拉一世——人民叫他尼古拉大棍不是没有道理的——政体、亚历山大二世政体进行斗争的真正战士还很远。

屠格涅夫跟赫尔岑、车尔尼雪夫斯基和杜勃罗留波夫的距离是远的。巴扎罗夫[①]型的人物并没有获得他的同情。但是艺术的真实性却吸引屠格涅夫去再创造现实生活里的真实典型。而他的艺术才能也只有在反映这个现实生活上,能够最鲜明最完善地表现出来。

再举一个极伟大的作家来做例子,那就是契诃夫。大家都知道,这是一个无与伦比的俄文大师。他仿佛信笔写来,绝不是有意地显示他在日常生活的每一步上所遇到的各种形象(典型)。但谁能怀疑他的政

---

① 屠格涅夫名著《父与子》中的主人公。

治倾向性呢？

然而，契诃夫并没有看到人民生活中肯定的方面和快乐的景象。他把俄国的小市民、官僚和他们的因循、迟钝和冷酷，完整地描成惊人的图画。他活灵活现地、一针见血地描写政治压迫、地主和富农对农民的掠夺、沙皇政权和资本主义制度下农民的走投无路。虽然他在用语上极度吝啬，虽然他对自己的主人公不在表面上暴露感情，他还是能打动读者的心，使他们自己得出必要的结论来。

应当指出，契诃夫的艺术理解力，使他也想到把人们从现存的压迫下解救出来的手段。不过，由于资产阶级世界观的限制，他没有看到跟旧世界进行斗争的真正道路。这一点从他1892年11月25日给苏伏林的信里可以看出来。契诃夫写道："您该记得，那些使我们陶醉、并被我们称为不朽的或优秀的作家，具有一个非常重要的共同特征：他们在向一个地方走去，并且号召您也往那儿去；您不是用思想、而是用自己整个的生命感觉到，他们有着一种目的，好像汉姆莱脱父亲的鬼魂那样，它的到来和引人思索不是没有缘故的。有些人的目的近些，例如：农奴法、解放祖国、政治、美或者只是伏特加，好像丹尼斯·达维陀夫①那样；有些人的目的远些，例如：上帝、来世、人类的幸福，等等。其中最优秀的作家很现实，他们把生活写得像真实存在的那样，但因此每一行就渗透着目的性，好像渗透着液汁一样，您除了现实的生活之外，还会感觉到那种应该来到的生活，而这就会俘虏您。可是我们呢？我们！我们写生活写得像真实存在的那样，至于再下去呢，就没有什么了……再下去即使用鞭子抽我们也没用。我们既没有近的目的，也没有远的

---

① 丹尼斯·达维陀夫（1784—1839），俄国1812年卫国战争中的英雄，诗人、军事理论家。

目的,我们的心里是空空如也。"

你们大家都看到,这位伟大的艺术家认为自己创作局限性的基本原因,是缺乏"近的"和"远的"目的。在他的时代,只有社会主义才能是"描写生活"的真正目的。由于他不了解这个目的,他就只能满足于对现存社会的批评,但这一点倒是为无产阶级作家准备了基地。

马克西姆·高尔基首先在长篇小说《母亲》里,用艺术的形象描写了工人阶级中的革命家,并因此奠定了无产阶级文学的基础。这种文学知道自己"近的"和"远的"目的,并且在其中汲取自己的力量。

同志们,我向你们提到屠格涅夫和契诃夫,只是因为好久以来就有一种普遍的意见,认为他们没有把自己作品的艺术形式奉献给倾向性。屠格涅夫说:"正确而有力地再创造真实,再创造生活的真实,是做文学家的最大幸福,即使这个真实跟他个人的感情不能一致。"一个真正的艺术家所再创造的真实生活,不仅本身产生一种倾向,而且还能在社会上鼓舞起政治的热情。

我们的文学在过去也充满深刻的社会内容。而这一点就使我们的文学成为人民的文学。它感动、发动、推动人们去从事革命活动。这个文学暴露了现存的资产阶级和地主世界的毛病,并研究怎样改善被压迫的、贫穷的、受苦受难的人们的生活。

我们的文学在这方面可说具有特殊的俄罗斯性质。当然,这是有特别的原因的,但现在我们不去谈它,我们只着重指出那些恩格斯早已发现的特点。恩格斯在一封信里指出:"现代的俄国和挪威作家写出卓越的小说,他们都是完全有倾向性的。"

关于我们的音乐、绘画等,也完全有理由可以那么说。请允许我再次向你们提到莫索尔斯基,我在上面已经拿他作过例子了。他创作了许多以农民生活为主题的乐曲:《卡里斯德拉脱》《睡吧,睡吧,农家子》《叶列莫施卡的摇篮曲》《霍凡兴》中的个别场面、《鲍里斯·戈都诺夫》,等等。在这些乐曲里,农奴悲痛生活的沉重画面,都生动地展了开来。

在绘画方面像莫索尔斯基在音乐上那样出名的,可以举杰出的人民画家彼罗夫,我在前面的例子中也提到过他。农民的典型和场面,出现在他最优秀的作品里:《警察局长的来临》《铁路旁的景象》《送殡》,等等。彼罗夫创作了很多反教会性的辉煌的图画。这一切说明彼罗夫是一个人民的画家,他对人民的苦难和屈辱,感到非常愤慨和痛心。

显而易见,我们的文学、音乐、绘画、戏剧和一切最优秀代表所体现的我们的艺术思想,从未忘记为人民服务这一点。

虽然如此,我们的艺术思想,除了少数例外,还是表现着统治阶级的观念,脱不出他们的世界观的范畴,而只是反对旧世界的某些极端现象。艺术思想主流的人民性启发了统治阶级中的进步分子,因此也就不能不多少促进人民的觉悟。

马克思和恩格斯说过:"每一个时代,统治阶级的思想就是统治思想,也就是说,哪个阶级是社会的统治的物质力量,哪个阶级同时也就是社会的统治的精神力量。"这句话的意思就是:每一个时代,统治阶级不仅在物质方面实行统治,而且在精神方面也实行统治,或者说,这个阶级的思想也在实行统治。

请你们回想一下果戈理,他怎样痛斥农奴制和地主的社会!世界上很难找到第二个人,能那么深刻地写出他所生活的那个社会的丑恶。然而,果戈理始终是他本阶级的忠实儿子。

契诃夫,我已经说过,是最了不起的语文大师,他把他所生活的那个资产阶级地主社会批评得体无完肤。然而,契诃夫也没有能跳出资产阶级世界观的范畴。

同志们,在我们这儿工人阶级是领导的阶级,也可以说是统治的阶级,它跟集体农民结成兄弟般的联盟,一起建设没有阶级的社会主义社会,建设共产主义。苏联的物质财富是属于工人阶级和集体农民的,也就是说,属于全体人民的。因此可以得出一个必然的结论:如果苏联知识分子要占据过去先进知识分子所占据的那个地位,也就是说,要沿着进步的道路走在前头,如果他们要在社会主义建设中占领导的地位,如果他们要形成和推动人类的思想,那么,他们就应该掌握马克思列宁主义——工人阶级的世界观。

同志们,大家知道我们建设社会主义,实际上还是第一次。以前从来没有一个地方,从来没有一个人建设过社会主义。以前有过建设社会主义社会的乌托邦,幻想。像这样的幻想有过很多。但我们在科学社会主义的基础上建设社会主义,到底还是第一次。因此,我们每前进一步,自然就需要做很多思想方面的工作。

我个人曾经一度有过这样的梦想:也许有一天我将成为俄国国会的工人党议员。我曾经那么想过。这自然是梦想……(笑声)而现在呢,你们大家都看到——我的梦想是超过地实现了。我们全都成了社会主义的建设者。这是历史上空前未有的飞跃。也许你们之中有人比我更熟悉历史,能够在历史上找到类似的飞跃?(笑声,鼓掌声)

所以,我们是社会主义的第一批建设者。历史给了我们这样的光荣。你们只要想一想——这有着怎样的意义!过了一千年,人类将研究社会主义的历史,那时他们将感到钦佩和惊奇,如此平凡的人原来就是第一批社会主义建设者。这是至高无上的荣誉。不错,一千年之后这种荣誉对我们也不会起什么特别作用……(笑声)但是将来有人会因为这个造福全人类的伟大历史奇迹而记起我们来,想到这一点,我们不能不感到兴奋和鼓舞。(鼓掌声)而你们呢,是艺术工作者,一定特别清楚地感到和了解这一层。

是的,为了要推动这个思想,为了要完全实现社会主义的理想——为了这个缘故必须掌握马克思列宁主义的理论。如果人们不精通这个革命理论,最先进最进步阶级——它的历史使命是把全世界翻过来,清除一切剥削和奴役,创造无愧于人类的环境和生活条件——的理论,那么就不能促进人类的思想,不能促进社会主义社会的组织,不能促进社会主义的建设。瞧吧,同志们,我们必须研究马克思列宁主义理论,就是这个缘故。

今天在座的艺术工作者,是苏联知识分子的重要队伍之一。过去的知识分子往往自命不凡。苏联的知识分子才真正成了杰出的人物,他们在我们的社会生活中所处的地位,在历史上是空前的,而现在在任何一个资本主义国家里,也是没有的(鼓掌)。瞧吧,同志们,苏联知识分子研究马克思列宁主义理论的必要性,就是由此而产生的。而对一切艺术部门的工作者尤其是如此。

我已经说过,我曾经幻想有一天能当上俄国国会工人党的议员。这是我的梦想。难道你们就没有梦想了吗?难道你们就不想做一个给苏维埃国家带来最大好处的积极的社会活动家吗?难道你们就不想努力促进社会主义建设,社会主义思想吗?难道这个主意没有在你们每人的头脑里萦回吗?(鼓掌)

但是也许有人会完全正确地提出一个问题:那么怎样来实现这个生气勃勃的思想呢?在座的都是艺术工作者,你们就应当格外懂得怎样表现和实行为人民服务这一点。

要做到最有效地为人民服务,我认为必须掌握马克思列宁主义,至少也应该在大体上掌握马克思列宁主义,同时——那要困难得多——必须善于在自己的实际工作中运用它。问题在于现代一切艺术家的工作,必须以社会主义现实主义为基础。这个问题现在大家谈得很多,差不多已经成为时代的要求了。就拿演员来说:如果他能坚持社会主义现实主义的原则,即使只有中等的才能,他的成功也是有把握的。但是,要做一个自觉的社会主义现实主义者,不掌握马克思列宁主义是办不到的。

什么是社会主义现实主义呢?我知道你们存在着这个问题,而且说不定已经准备对我说:"请您详细解释、具体说明,什么叫社会主义现实主义。我们自己常常谈到这个题目,但还没有谈出具体的结论来。"我猜得对不对呢?我认为是对的。所以我想跟你们交换一下自己对社会主义现实主义的理解。我要告诉你们,我个人是怎样理解社会主义现实主义的。

我认为艺术的形式,是人的思想和感情的外在的物质表现。作为社会成员的人的感受和思想,总是由社会条件来决定的。例如,一个失业、饥饿的人的思想和感受,是很容易看出来的。毫无疑问,他对饱食终日的人怀有愤怒和憎恨,同时他也一定怀有要消灭失业现象的思想。千百万这样的人,在资本主义社会的整个生活上留下自己的痕迹:在街道上,在城乡的外表上,在人们的脸上。像"我的祖国多么辽阔广大"那种热情洋溢的歌曲,在我们这儿经常有人唱着,而且每次唱起来都像初次唱时那么动人,但在那边这种歌是不会流行的。

别林斯基说得对:"没有思想的艺术,好比没有灵魂的人,等于一具尸体……"不错，我们可以假定说有一个艺术家，他想描写美国失业工人和光靠工钱过日的人的形象。如果他对这些人的利益、感受、苦难和欢乐漠不关心，他能创造一件艺术作品吗？至多也不过是一幅技术高明的肖像，一张酷似原作的照片罢了。

由此可以得出一个结论来：站在形式主义观点上的人，要不是追求政治目的——掩饰社会的病痛，劳动者的苦难，像资本主义国家里资本主义制度保护人所作的那样，就是从事空洞的纯技术性的习作，好像敷念珠一样。

只有真正的艺术家，才能彻底了解自己主人公的一切感受和思想，看到和感到一个失业工人眼光里的绝望，看出一个在业工人眼睛里担心失去工作的恐惧——也只有这样的艺术家会自然而然地找到鲜明的字句、富有表现力的姿势、表情、音调、色彩和旋律，来创造真正现实主义的形象。

形式的创造要求艺术家做很多思想工作，要有紧张的感情体会和广博的知识。这就是说，形式归根结底也离不开社会关系，离不开阶级斗争。过去俄国文学和艺术之所以发生强大影响，只能用它们深刻的社会内容和现实主义倾向来解释。

现实主义的定义，别林斯基大约在将近一百年之前就已经下过。现实主义——这是形式和内容的统一，就是不仅要正确地描写现象的外形，而且要忠实地表达现象的内容。

别林斯基学派——这是一个光荣的学派。它在教育我们的艺术家方面，作了很多工作，并且大大地推进了我们的艺术和文学。

社会主义现实主义当然也包括内容和形式的统一。但在社会主义现实主义和过去的、社会主义以前的现实主义之间是有差别的。

例如，资本主义社会最杰出的现实主义艺术家，也不能超出这个社会的界限，这一点，契诃夫致苏伏林的信可以清楚地证明。

我们生活在社会主义社会里。因此，我们这儿的现实主义艺术家，不论对社会，不论对自己的主人公——典型，都抱有原则性不同的态度。

在上世纪里，俄国作家竭力想在俄国生活里找寻正面的典型。我们可以举格利鲍耶陀夫《智慧的痛苦》里的恰茨基、普希金长诗里的奥涅金、莱蒙托夫《当代英雄》里的彼巧林、屠格涅夫前夜里的英沙罗夫和父与子里的巴扎罗夫作为例子。这些都是最伟大的文艺作品。但它们的艺术价值之所以伟大，正因为它们暴露了反面的典型，而值得被人民当作模范的英雄人物却没有出现。上面这些典型都是"多余的人物"。

在当时的生活里，有没有可以作为那种英雄的人物呢？我认为是有的。他们就是十二月党人、别林斯基、车尔尼雪夫斯基、杜勃罗留波夫、赫尔岑。显然，贵族文学之所以不能提出他们来，一方面是由于审查的限制，而另一方面——也是主要的方面——是由于他们政治思想观点的限制。这种文学由于自己社会的局限性，不能提高到这些为人民事业而奋斗的战士的水平。

在屠格涅夫之后，文学上已经没有这种追求了。俄国资产阶级在政治上和文化上还没有兴旺，但对革命已经比对反动更加害怕了。这在艺术和文学上的清楚表现，就是散布自然主义、形式主义、象征主义、印象主义等等。总而言之，就是各色各样的颓废主义。

随着高尔基的出现，文学重又获得了战斗的社会意义，特别是由于他的长篇小说《母亲》的出版。但如今主人公已经是工人了。这确定了一个事实：争取一切进步事物的斗争，已经转到工人阶级的身上了。

苏联艺术家在寻求正面典型和英雄人物上是不会感到困难的,因为这样的人物在我们的国家里有千千万万。苏联作家协会的章程写着下面的话是很有道理的:

> 社会主义现实主义是苏联文学和文学批评的基本方法,它要求艺术家真实地、历史具体地在现实的革命发展中去描写现实。

马留施金的长篇小说《从穷乡僻壤来的人们》,在一定程度上可以作为这种作品的例子。在这本书里,作者惊人具体地、并且按照生活的真实,显示了从偏僻的小城市来到大建设工地上的人们的成长。在我们的国家里,这种成长在各个地方,在人们活动的一切部门,都能看到。

譬如说,社会主义国家观念和苏维埃爱国主义在我国的增长,跟革命之前、跟任何一个资本主义国家比起来,难道不是显而易见的吗?请问:在哪一个国家里,在哪一个历史时期(也许只有在1812年,当拿破仑进军俄国时)人民曾经像在我们苏维埃政权时代那样高度充满爱国主义精神?

现在,苏联的绝大多数人民,在自己的日常生活中,总是贯串着建设社会主义社会的思想。苏联公民的个人利益,越来越跟社会主义的利益结合起来,而且是完全出于自觉的。因此,对社会主义祖国的爱国感也在增长着。这种感情表现在各种各样的形式里。

你们是艺术家,你们一定很了解:现在我们这儿社会主义国家的利益,社会主义社会的利益,在每个人头脑里所占的地位,不但比旧俄,而且比任何一个资本主义国家里,要大十倍,一百倍。在资本主义国家里人们很少关心社会的利益。但我们却很关心社会的利益。也许可以那么说：在每个苏联公民的头脑里，在他的日常生活里，社会的利益，整个国家的利益所占的地位，要比过去大得多。我认为这是无可争辩的事实。也因为这个缘故，你们在舞台上、画布上或者书本里所创造的作品，必须特别强调这个极重要的特点。

这个特点从前是没有的。从前我们这儿的人不爱国家，不爱军队，不爱政府，不爱这一切压迫人民的工具。

现在情况就完全不同了。现在，譬如说，军队在各阶层的人民中受到热烈的爱戴，这是事实（掌声雷动）。这就表现了新的特点，表现了人们对社会主义国家的新态度，因为军队是国家最重要的机构之一。

苏维埃制度确立以来，人民在自己的日常生活中培养了很多新的风气，这些风气在资本主义世界里是没有的。譬如说，在商店里常常可以看到那种场面：一个顾客带的钱不够了，马上就会有人借钱给他。在电车里、无轨电车里、公共汽车里、地道车里，有一个乘客没有零钱，人家就替他买票，这已经成为司空见惯的现象了。这些当然是小事，但却是我们社会制度的特色。我们这儿的人，不知不觉地养成了社会主义的风度。

如果你们想描写社会主义，就不要勉强自己去空想，因为你们手头有大量可贵的材料，这是二十年来积累起来的。社会主义在我们这儿不是幻想，而是真正的现实。这个现实的、而不是空想的社会主义，要求艺术家运用强大有力的画笔，包括作家、演员、画家、歌唱家、音乐家、雕刻家、建筑家，等等。在这方面已经作了一些，但是还相当少。

此外，当你们正确地"写生活"的时候，你们应当不仅显示人人看到的特点，而且更要显示那些普通眼睛很难察觉的特点。比方说，你们所写的人物很粗鲁。你们就写他是粗鲁的，不过同时要着重写出他的内部特点，这些特点虽然不很容易察觉，但对我们的人说来却是典型的。就拿爱祖国这一点来说吧。它通过各种最最不同的形式表现在各种不同的人的身上。我们应当在每个人的身上找到和显示这种爱，并且不是抽象地，而是具体地把它表现出来。

米开朗基罗作的圣母像是一个很美丽的雕像。人人看了都会称赞不止。但我相信，一个普通的、不畸形的姑娘，对于一个活人，要比圣母更亲切。

现在大家一定可以了解，爱社会主义国家不能只是抽象地，而必须是具体地，也就是说，必须同时爱它的自然、田野、森林、工厂、集体农庄、国营农场，等等，还有它的男女斯达汉诺夫工作者，男女共青团员。我们爱祖国，应当同时爱存在于苏联的一切新事物，并且用美丽的样子来表现它，不要像我对你们演说那样，而要用真正鲜明的、富有艺术美的样子来表现。如果一个艺术家能那样爱社会主义祖国，那么，他的眼前就会展开苏维埃国家里所出现的一切生动而伟大的景象，他的爱也就会充满深刻的、生气勃勃的真实内容。

不过，如果艺术家想做一个社会主义现实主义者，那么，除了上面所说的之外，还有一个很重要的要求必须永远记住。我们的旧文学和艺术之所以伟大，不仅因为它们具有艺术的真实性，而且更因为它们不断地在找寻美好的道路，人们美好的生活制度。当然，现在我们可以说，那时人们错了，走的路不对，以及诸如此类的话。但有一件事到底是事实，那就是：它们曾经找寻过新的道路。苏联的艺术和文学应该好好地承受这个高尚的传统。

每一个艺术家都想通过自己的作品，把某种思想传达给观众或读者。社会主义现实主义者应该描写现实，活生生的现实，不加任何粉饰。但同时他应该用自己的作品去推动人类思想前进。哪一个文学家不给自己定下这样的目标,他只能算是半个文学家;哪一个演员不给自己定下这样的目标,他只能算是半个演员。

因此,每个苏联艺术工作者的任务是——如果他愿意跟人民在一起,如果他愿意参加为社会主义而奋斗的战士的最前列,如果他愿意把自己的"我"这一分子加入到新世界的建设中去——用自己的作品推动人们前进,以达到最光荣最崇高的目的——建设共产主义社会,培养人民对祖国的爱、对党的无限忠诚,并准备为实现党的理想而奋斗,要使人民觉得体现这些理想的制度,是世界上最可贵的事情,要使我们的青年感到做一个为列宁—斯大林事业而奋斗的好战士,是最光荣的志向。

这一切是不是说,一个艺术家不应当描写、表演、介绍反面的典型和现象呢?绝对不是的。为共产主义而奋斗,摧毁旧事物,发展新事物——这一切自然说明反面的典型和现象是存在的。但除此以外你们不要忘记:我们是处在资本主义的包围之中,经常受到这方面的压力,甚至于受到间谍和特务的破坏。一个艺术家忽视这一切,他就不能完整地、全面地理解生活,不能实现社会主义现实主义的基本要求。

因此,只要跟人民中最前进的部分——共产党——步调一致,艺术家就可以在实践中成为社会主义现实主义者。

马克思列宁主义的理论在不断前进。斯大林同志发展和丰富了这个先进的革命理论。这个理论在我国已经成为统治性的世界观。

现在,我国苏维埃制度的建立和无产阶级世界观的统治,已经有二十年以上了。现在,艺术工作者应该步调一致了,应该掌握无产阶级的先进革命理论——马克思列宁主义了。这个理论会大大地充实人们,发展人们的智慧,打开无边无际的创作远景。

老实说,一个正直的人除了跟共产党一起前进之外,就没有别的道路,没有别的途径。现代资本主义社会的巨头们,竭尽全力支持法西斯主义,他们不仅弃绝了未来,而且也弃绝了过去人类已经取得的进步。他们的理想就是恢复奴隶制度和对自己人民的无限度剥削。他们的理想就是实行国际性的掠夺和促使劳动者恢复野蛮的生活。总而言之,资产阶级的反动力量想倒拖历史的车轮。当然,历史会因为冒犯它的这一切暴行而铁面无情地惩罚那些暴徒的。不过,到现在为止,我们的国家是全部文化遗产的唯一保管人,是人类进步的唯一推动者。

我们布尔什维克是谦逊的、不进行侵略的人民。但我们却想以自己的思想去取得整个世界,甚至于……发展宇宙。

但要完成这些任务,我们的知识分子,尤其是艺术工作者,应该用马克思列宁主义的先进理论,用世界上最革命的阶级——无产阶级的理论,来武装自己。

1939 年

论共产主义教育①

发扬对祖国的爱,对社会主义祖国的爱,发扬苏维埃爱国主义,是共产主义教育的一个必要组成部分。

"爱国者"这个名词,是在1789—1793年法国革命时期初次出现的。当时那些保卫人民事业、保卫共和国、反对君主阵营里的卖国贼的战士,自称为爱国者。

可是后来,这个名词被反动派和统治阶级用来达到他们自私的目的。因此,不论在欧洲,不论在沙皇俄国,凡是关心人民疾苦的正直人士,对"爱国主义"这个名词,总是抱着怀疑的态度,认为其中含有民族沙文主义和统治阶级妄自尊大的意味。最后,沙皇的暴吏更拿它做幌子,对归并来的各民族实行掠夺。

黑色百人团②曾经包办"爱国主义",他们在街头屠杀上,在虐待工人、知识分子、犹太人上,表现他们的"爱国情绪"。总之,当时社会上的

---

① 本篇是《论共产主义教育》一文中关于文艺的一章(第五章)和全文的结束语。
② 沙皇俄国时代的一种保皇武装恐怖组织。

各种败类，包括形形色色的反动派和冒险家，都竞相趋附这种"爱国主义"。

在人民的眼睛里，"爱国主义"这个名词已经被糟蹋了。正直的人们就不愿自称为"爱国者"。

归并于俄国的各民族，处处受到官僚和殖民家的压迫、剥削、掠夺和侮辱，自然都憎恨沙皇俄国。

针对着这种残暴的统治者的"爱国主义"，进步运动日益迅速地发展起来，它的宗旨是反对专制。

起初，进步势力跟反动派的斗争，伸展到文学、音乐、绘画等部门，他们对当时的现实——表示否定的态度，至少也用各种暗示来表示这种态度。后来，民主人士逐渐参加这个斗争，因此这个斗争也就越来越尖锐。斗争的过程，发展和团结了一切反对专制政体、反对俄国官方的人士。同时，广大的俄国人民，通过自己的优秀代表，一致支持这个斗争。当时出现了大批天才的作家、批评家和政论家，他们提高和增光我国的文学，使它成为世界性的文学。不但文学，就是俄国的音乐、绘画、科学也产生了自己杰出的代表，成为真正光耀民族文化的爱国者。

这些人珍重自己的荣誉、人格和社会声望，断然摒弃那种庸俗的官方的"爱国主义"。他们把为本国人民服务、唤醒他们真正的爱国心，看作最高的目标。为了这个伟大的目标，他们不吝惜自己的力量和才能。他们的同时代人和后辈，都曾经向他们学习，拿他们做榜样，并且感染了高度的爱国精神。他们高度的爱国行为，使俄国人民的历史增添不少光辉灿烂的篇页。他们没有获得俄国官方的同情，但却受到人民合理的尊敬，并且将永远在人民的心里留下光明的记忆。

这种进步势力跟反动势力的斗争过程，这种文化力量增长和巩固的过程，至少使被压迫民族中觉悟最高的分子，看到另外一个俄国——这个俄国是高尚的，多才多艺的，有文化素养的，它爱好自由，不压迫人，并且促进广大人民群众知识的发展。当时广泛展开的工人革命运动，提出了一项迫切的任务，那就是真正把沙俄帝国各民族的无产者和劳动者，团结在他们反对沙皇制度和资本主义的斗争中。列宁和斯大林在建立全俄工人阶级政党上所作的努力——没有这个政党，就根本谈不到俄国人民和被压迫人民的解放——列宁—斯大林民族政策的不断宣传，布尔什维克为反对一切大国沙文主义和地方民族主义现象而进行的斗争——这一切促使被压迫民族跟俄罗斯人民接近，使这些民族中最有觉悟的分子认识俄国文学、艺术和科学，认识俄国的革命战士，并因此使他们跟俄国文化交流，参加共同的、利害一致的斗争，也就是说，使他们从全体俄国人民的立场来考虑问题。

宣传苏维埃爱国主义，不能脱离我国人民过去历史的根源。这种宣传应该充满因人民的创造活动而产生的爱国主义自豪感。因为苏维埃爱国主义，是前辈的创造事业的直接继承者，而这些前辈曾经推动我国人民的前进。

苏联的生活非常清楚地说明了这一点。我们只要举一件事就够了。解放了的各族人民，在回忆自己史诗和历史上的英雄时，总是怀着多么欢欣的感情啊。他们在自己优秀的艺术作品里，反映英雄的形象，并且把这些作品带到苏联的心脏——莫斯科来展览。在莫斯科每个民族好像都想对苏联全体人民说：你们瞧吧，我是伟大的苏维埃联盟的一员，而且我参加苏联不是出于什么人的恩赐，我不是没有祖宗的。你们瞧吧，这就是我的家谱，是我引为自豪的东西，我希望你们，我的劳动同胞和保卫人类优秀理想的弟兄们，来欣赏一下我的家谱。

由此可见,苏维埃爱国主义的根源是悠久的,是一直从人民的史诗就开始的;它吸收人民所创造的一切优秀成果,并且认为保护这些成果,是最大的光荣。

伟大的无产阶级革命,不但进行了重大的破坏,而且还开始了空前的创造工作。同时,它好像一阵扫荡一切的飓风,清洗了千百万人的头脑,鼓舞了他们的勇气和对自己力量的信心。现在他们感到自己是力大无穷的勇士,能够战胜全世界劳动群众的一切敌人。

于是苏维埃的史诗就产生了,它把被资本主义所截断的古代的和现代的人民创造的线,重新联结起来——资本主义是敌视这方面的精神生产的。社会的社会主义改造已经展开了,这个改造过程提供了许多值得艺术家动笔的丰富、诱人的主题。人民已经着手挑选其中最精彩的主题,并且逐渐创造个别的画面,以便组成关于这个伟大时代以及关于像列宁和斯大林那样伟大英雄的史诗。

我国有才能的文学家和艺术家,不应该落在人民之后。历史上从来没有一个时期,像现代那样充满这么多宝贵的创作材料。只有现在,文学家和艺术家能够无限度地为本国人民服务,能够在现代伟大活动的基础上,培养群众高度的爱国主义精神。

我觉得马雅可夫斯基在为苏联人民服务上,是一个卓越的榜样。他认为自己是一个革命战士,事实上他在创作方面确实是一个战士。他努力不仅使自己作品的内容,而且使自己作品的形式,适合革命人民的要求,所以将来的历史学家一定会说,他的作品是属于人类关系转变的伟大时代的。因此,我认为马雅可夫斯基是有权利那么对后代人说话的:

我将来到你们那里,
　　来到共产主义的远方,
但决不会像
　　诗人叶赛宁那样。
我的诗将飞越几个世纪,
　　通过诗人和政府的头脑。
我的诗将到达你们那里,
　　但它不会像爱神手里的那支箭,
也不会像一枚古老的小钱
　　落在钱币收藏家的手里,
更不会像早已陨落的星星
　　只残留一些微光在天边。
我的诗将靠劳动
　　冲破悠久的岁月,
永远显得
　　沉重,
　　　　粗壮,
　　　　　　鲜明,
好像古罗马奴隶所造的水道,
　　一直留传到我们今天。[①]

在这个激昂的宣言中,我们听到了我们时代的庄严呼声,听到了根

---

① 引自马雅可夫斯基的诗《大声疾呼》。

据新的原则改造世界的新时代人的呼声。

同志们,历史给了我们一个重大而光荣的任务——把我们的阶级斗争进行到共产主义的彻底胜利。

"我们应该那样前进,使全世界工人阶级可以望着我们说:看哪,这就是我们的先锋队,这就是我们的突击队,这就是我们的工人政权,这就是我们的祖国……"(斯大林)

但要做到这点,我们就应该拿热烈的爱国主义精神,拿无限爱护祖国的精神,来教育苏联的全体劳动者。我说的不是抽象的爱,不是柏拉图式的爱,而是坚决的、积极的、热烈的、不屈不挠的爱,这种爱对敌人绝不留情,为了祖国,不惜作任何牺牲……

在目前复杂的国际形势下,我国人民应该格外戒备,振奋起来,提高警惕,使我们的社会主义国家随时能够应付任何意外事件。我国的一切社会团体,以及文学、艺术、电影、戏剧等等,都应该注意这一点。同志们,这样,在当前的历史时期中,在对群众进行共产主义教育上,就能真正实现党的意志、斯大林同志的指示和列宁的遗嘱。

1940 年

谈谈通讯员和通讯①

在现代社会里,报纸、无线电和电影的作用很大。作为宣传和鼓动的工具,它们对舆论的形成有很大的影响。因此,对报纸、无线电和电影工作人员的要求也就特别大。

大家都知道,资产阶级的报刊、电影、广播,爱把自己说成是独立的、客观的、超越任何宗派团体的利益的。事实上,它们是在保卫资本主义的社会制度,因此,从这个观点看来,它们是极有党派性的、有偏向的,它们依靠上层阶级,并且在每个问题上推行上层阶级的政策。必须承认,它们的任务虽然不轻,它们的手段却很灵活。

简单地说,资产阶级世界的报刊、无线电、电影,是被用来歌颂、粉饰现存的社会经济生活制度和跟它相适应的秩序,随时随地向群众宣传这种生活制度和秩序是完全符合人的本性的,因此是"自然"的,也是最优秀的。共产主义引起这些制度的鼓吹者和真正主人的重大顾虑和

---

① 本篇是加里宁对《消息报》通讯员和全苏广播委员会通讯员讲话的记录稿,曾经登载在《党的建设》杂志(1945年第六期)上。这里作了一些节略。

无可掩饰的担心。他们就动员他们的文学家、演员、音乐家,以及其他艺术工作者和出版工作者的全部智慧和才能,来反对共产主义。

我国的报刊、广播和电影,就具有远为崇高的目的,而且我想说,也负有远为广大的任务:它们应该不是为个别的、比较少数的特权分子服务,而是为全体人民服务,为整个社会服务——这个社会是由切身利益和根本志向的一致而团结成功的——它们应该推动、启发、教育广大的群众,使他们认识人类共同生活最崇高最人道的原则。因此,落在这些工作人员身上的责任是重大的,他们所执行的任务是光荣的。

这个原则性的差别,使我国报刊、广播和电影工作人员所处的条件,跟资产阶级国家里同行所处的条件完全不同。此外,我国跟资产阶级国家的出版、无线电和电影工作人员,在工作的方式、方法和形式上,也存在着重大的差别。

在资产阶级国家里,就这方面说来,问题相当简单。在资产阶级报刊、无线电和电影里,占重要地位的东西是轰动性事件、插科打诨、刑事案件、政治性捣乱、大人物的家庭纠纷,等等。这些都是新闻记者和电台通讯员的好材料,因为报馆编辑部和广播电台乐于拿它们作为手段,来吸引新的报纸买客和新的无线电听众,同时使人们不再去分析和考虑现实的生活。

我国的报刊,我国的广播事业,就完全不同了,它们跟这些方式是格格不入的。相反地,它们竭力教人们清楚观察现实生活里的各种现象,考虑这些现象,并且把这些现象纳入我国苏维埃社会规律化发展的总轨道上。大家知道,苏维埃社会的宗旨是要使全体成员真正享受自由,并且在物质和文化上获得保障。

但这绝不是说,我国的报纸和无线电就不能那么普及和有趣,共产主义就一定会限制它们的生气、新鲜、多彩、鲜明和华丽，它们主要的形式就一定不能避免教训式的和道德式的叙述。完全不是那样的！相反地，正是这种观点，正是马克思列宁主义，给我国出版和广播工作人员打开无边的场地，使他们能够在真正了解人类社会发展的基础上，进行鼓舞性的创作。

资产阶级的新闻记者和电台通讯员，遇到个别现象，总是把它孤立起来，认为它跟总的情况没有关系，即使他们看到和了解个别现象跟总的情况之间的联系，他们还是要那么做（他们之所以要那么做，是因为受了他们所服务的社会上层阶级自私利益的指示）。苏联的新闻记者和电台通讯员正巧相反，他们应该寻求每一个别现象跟总的情况的关系，寻求部分和整体的统一，而这才是符合人们社会生活的实际发展的。苏联的报纸和广播工作人员，提供最最多方面的材料——从报道集体农庄成绩的通讯到高深的科学论文，从通讯员的短评到高度艺术性的作品，他们在这些材料里反映我国日常生活的形形色色，以及人们心理的细致微妙，这样，他们必然地、同时又像无意地会显示列宁—斯大林思想在实践上的胜利。而列宁—斯大林思想就是社会发展客观规律的表现。

大家知道，俄国古典文学之所以被认为世界上最优秀的文学之一，首先因为它是最现实主义的文学之一，换句话说，它在自己的内容和形式上，最完整地反映当时俄国的现实生活。然而（我要在这儿特别强调"然而"这两个字）它却不是照相式地反映当时的现实生活——否则它将不是现实主义，而是自然主义了——不，它是像画家那样艺术地再创造全部生活的真实。也因为这个缘故，俄国古典文学是那么有趣。通讯也是如此，假若它是根据现实主义的原则写成的，它一定也是有趣的。但是，可惜我们的很多通讯员，照相的手法比写生的手法用得更多。因此，其中有一部分人自然主义的气味就比现实主义的气味更浓。而现实主义和自然主义之间的差别，就同绘画和照相之间的差别一样。一张杰出的肖像画，总的说来很像一张照片，但它跟照片有一个截然不同的地方，就是在一张肖像画里可以感觉到一个具有全部动态的活生生的人。

因此，谈到现实主义的创作方法，就不能把问题只归结为外形的类似、一致、相同。事实上，俄国古典文学之所以光辉，我想主要不是由于这些外表上的描写技术，而是由于内在的生命力、思想性，以及——可以大胆地说——争取把人从奴役制度下解放出来的斗争。唯美主义者因此把我国古典文学中一切优秀的作品，称为"有倾向性的"。我们并不害怕这个词儿。苏联的每个工作人员，不问从事什么工作，尤其是新闻工作人员，应该具有一定的倾向性，老实说，也就是党性。

其实，主要的绊脚石倒不在这儿。不能说，苏联通讯员对于需要一定的倾向性或党性的认识不足。不是的，主要的绊脚石，在于其中有许多人没有学会创造性地表现这种倾向性，党性。每一篇艺术性的特写、通讯、广播稿必须是现实主义的，必须贯串着思想内容，这并不是说每篇文章的开头和结尾都要写上"党性"、"社会主义"等字样，而是说所写的事实本身、行为本身，能够培养读者的党性。换句话说，他完全客观地描写个别事件，但他的描写给读者的印象和对读者的影响，应该是培养党性。这自然是最困难的任务。我国古典文学之所以光荣，所以伟大，就在于完善地解决了这个任务。如果我国的出版和广播工作人员，在运用现实主义的创作方法上，即使能达到同样完善的地步，那么，这就已经是一个很大的成就了。

通常人们总是期待着伟大的文艺作品和家喻户晓的形象，但这样的作品不是常常会产生的，不是天天都有伟大的作家出生的。而我们现在所谈的是通讯员，是天天在广大群众面前说话的工作人员，也就是当天舆论的收集者。但他们不仅仅是舆论的收集者。我甚至想说，他们首先是舆论的组织者，他们指导和规定今天的舆论。正因为这个缘故，每个工作人员必须在自己的部门里，做到完善的地步。

但是问题不仅在于报道。报纸和广播的工作不限于单纯的报道。这儿就发生更大的困难，而在推行党性上，也就需要更大的技巧。为了可以更清楚地了解我的意思起见，我们就拿杂志的工作和报纸与广播的工作来作个比较。杂志里通常都登载宣传性的文章，虽然有时也有鼓动性的文章，但提出的主要还是理论性的问题。电台和报纸里用的材料要简短些，形式要通俗些，而且我想说，叙述是鼓动性的，而对那些特别迫切的问题，写得更是一针见血。两者的性质一样，但形式却不同。

再举一个例子。在格利鲍耶陀夫的纪念日上，电台举行了几次特别节目，报纸上也发表了许多有关的文章，有几张报纸甚至辟了专栏。我们在这儿不仅纪念节日本身，而且还拿格利鲍耶陀夫跟现代对照。我们借过去的历史，教人们怎样处理现代问题，培养人们崇高的精神，发展他们的思想性，同时也向他们介绍这个作家。我国人民总的说来是有学问的，但也许还有些人不知道格利鲍耶陀夫，或者知道得很少。不过在这里介绍作家并不是主要的任务。如果广播委员会或《消息报》的编辑部，只以介绍某某作家为目的，那么，它们就不会有什么收获，或者只是实现单纯的教授法罢了。而关于格利鲍耶陀夫可以准备并且已经准备了有意义的广播节目，可以写并且已经写了些文章。这些文章不仅介绍作家,并且培养人们对我国过去历史的尊敬,使人们知道我国当时的文学和文学家。试问这难道不就是同时在实践中推行列宁斯大林思想吗?

可惜,连我们的几张大报也形成了一种通讯格式,依照这种格式,通讯只要描写人们在物质上的成功就够了。显然,拥护这种格式的人认为,这样就可以把整个人物完全描写出来。这当然是不够的。我们的生活在变得复杂起来,人民的文化水平越来越高,他们对于精神的要求也就更大。因此,不仅需要表现人们的物质生活,而且需要表现人们的内心生活。你们可以随便拿一本小说来看:如果书里的内心体验、精神体验写得很少,那它就不会使人产生印象。小说本身似乎也不坏,但总觉得它缺少些什么。因此,照我看来,一定要从心理方面来表现人物,表现他的内心体验、思想活动、文化水平、他的社会意义,甚至他的学术意义和工作能力,同时着重指出他的成功不是偶然的,而是有步骤的紧张的精神劳动和相信自己的劳动有益于社会的结果,是精神振奋的结果,换句话说,就是他了解自己的劳动不是单纯的体力工作,而同时是他精神要求的满足。

但光是迅速反映当前的某个问题是不够的:材料的好好加工也具有重大的意义。如果加工得好,即使一个普通的思想也会在报刊上发表,在空气中播送;一个很好的思想,如果加工得不好,也没有发表的可能,因为它需要编辑加很多工,费很多手脚。我认为艺术性的加工,是我国报纸和广播委员会最重要的职务之一。加工应当非常仔细,一定要做到完全消灭文法错误。在这方面通讯员和编辑应该虚心向我国古典作家学习。像冈察洛夫和屠格涅夫那样的俄国作家,他们就非常注意祖国的语文,对自己作品里的一字一句都要仔细推敲。在法国,像福楼拜和梅里美那样杰出的作家，也非常重视风格，他们甚至于注意到句子里单词的排列。对于我国的通讯员和编辑说来，这一层具有更重大的意义，因为苏联人的要求在一年年地提高。必须指出：现在我国毕业学生的程度要比过去的几年好。

但问题绝不限于这一点。电台通讯员应该有本领写得比谁都简短。如果说简洁是一切文学才能的亲姊妹，那么这话用在电台通讯员身上就格外确当。电台通讯员必须多多努力，好好用功，方才能学会写得简短。指导广播文学创作的教科书是没有的，因为广播还是一种年轻的事业。不过学习终究还是有地方的。我国的电台通讯员，甚至凡是通讯员，都可以多多向契诃夫请教。当然啰，要写得像他那样简短，特别在当新闻记者的时代，这是非常困难的。越短越难写，因为不仅要挤掉所有的水分，而且要做到写出来的东西极度明白易懂。

这里，通讯员又遇到了那个问题——必须提高自己的修养，首先是精通俄文和修辞。

根据上面所说的话，我们可以做结论说：广播文学的创作需要特殊体裁的时机成熟了。通讯员、评论员、特写员和其他电台文学家在无线电听众中享有盛名的，在我们这儿还很少。至于电台小品文家更不必说了，在我国根本没有听到有这样的人，但是，事实上讽刺文学的代表却是很需要的。难道我们的广播委员会不能选拔和培养一批电台通讯员、电台评论员、电台特写员、电台小品文家之类的电台文学家，使他们在听众中享有盛名，为听众所熟悉吗？这会加强电台和听众之间的联系的。

有些通讯员问道：应该怎样写作？海涅说，没有热情地说出来的思想不能吸引人。这话是对的。别林斯基从事写作远在一百年之前，但直到现在始终没有丧失自己对读者的巨大影响。而列宁的作品更是百读不厌！谈到这些榜样，我现在所指的并不是他们作品的深刻内容，而是他们注入自己作品里的那份伟大感情，或者说，心血。我们是些普通人，是苏联的战士，我们应该把全副精神放到我们的日常工作上去，使我们的工作充满生气，富有成效。如果对一切工作都可以这样说的话，那么，对新闻工作者，尤其是通讯员，这话就更有意思了。

1938 年

二

革命和文化

文学的意义

18 世纪和 19 世纪的俄国文学

苏联文学

人民的创作

文学语言

革命和文化

革命的目的不是破坏文化和物质的福利,而是增加起义人民的精神力量和物质力量。起义的人民进行创造,建设,如果他们想把革命进行到底,他们就应该建设。

(《论土地》,1917 年 3 月)

县和乡的农民委员会……应该拯救必要的文化中心,缓和反对财产和个人的过火行为——总而言之,应该在这种沉重的阶级间的悲剧性事件中表现高尚的精神和民主的宽大。

(《革命和乡村》,1917 年 3 月)

苏维埃文化……跟已经发展的、公认的资产阶级文化比起来,还没有成熟;虽然还没有成熟,但它却具有超越旧文化的巨大优点——它年轻,有前途,而这个前途使它有希望成为战胜旧的资产阶级文化的胜利者。

(摘自在白俄罗斯苏维埃非常代表大会上的报告,1924 年)

我们的文化越高,我国人们的生活过得越好,共产主义在全世界所作的鼓动也就越有力量。那种鼓动是任何反动力量无法应付的,拷打、死刑和屠杀等手段在它面前都显得软弱无能。

(摘自在梯比比里斯斯大林火车头修理厂工人大会上的演说,1940年)

的确可以说没有一个文化部门——科学、文学、戏剧、电影、绘画和其他艺术形式——我们没有取得重大的成绩和成就。

(在伟大的十月社会主义革命十八周年庆祝会上的报告,1935年)

……对于千百万人说来,读书差不多和吃饭同样必要。这就说明,出版为人民服务,在我们这儿是一项极重要的任务。

(《致布尔什维克出版工作者》,1936年)

在苏维埃联盟境外到处都叫嚣过和叫嚣着,在我们国内的黑暗角落里也有人在谈论着,他们硬说,在工农政权下文化必然会衰落,这些"下等"阶级不会珍重科学和艺术。然而实际生活却显示不同的情况。苏维埃联盟的存在还只有二十年——从历史的观点看来,这实在只是一霎眼的工夫——可是在这二十年间,我国的工农虽然一面需要收回自己的政权,巩固自己的政权,整顿国内的经济,在最艰苦的条件下建立社会主义国家,同时却已经大大地发展了科学和艺术。(掌声雷动)

这说明什么?为什么我国工农那么注意科学和艺术?这说明只有人民才是科学和艺术的真正鉴赏者。

你们大概都知道各种有才能的人的历史,不仅限于我们国内的,而且包括世界各国的。可以很有把握地说,在资本主义世界里,没有一个国家是真正重视才能的。资本主义世界对一个有才能的人只开放一条路——毫无意义地浪费他的才能,把他当作摇钱树,使他的才能迎合资产阶级公众的低级趣味。这些饱食终日无所用心的资产阶级公众,不需要真正的文化。我国的地主还在果戈理时代就会说法国话了,当他们在法国看到,那边连马车夫都会说法国话时,他们感到很惊奇,因为在俄国说这种话的,只有地主。(笑声)他们只是机械地学会这种语言,因为这是时髦的,可是这对他们文化发展的水平,却毫无影响。在资本主义国家里也是那样。促使科学和艺术发展的,只是需要,只是生产力的情况,而不是统治阶级的善良意志。统治阶级本身是不需要这些东西的。

(摘自在列宁格勒音乐院工作人员给奖典礼上的演说,1938年)

过去文化落后的民族,在迎头赶上先进的民族。民族干部在培养着。俄国文学成为各民族爱好的文学。学习俄文已经成为自由和快乐的事了。文化和物质保证的增长,政治觉悟和创作主动的提高——这是居住在我们共和国里的各民族的特征。这也就是共产党民族政策的政治成绩。

(摘自在第十七次全俄苏维埃非常代表大会上的报告,1937年)

少数民族物质财富和文化的发展,不是孤立的——它是在全苏联各民族之间、首先是在俄罗斯民族之间进行的。

旧世界跟它的偏见、落后的技术和个体劳动,逐渐从人们的意识里消失了。在新的、有组织的集体劳动中，随着新技术的广泛采用，新的文化，新的人，苏维埃人，有觉悟的建设者在不断生长。可以大胆地说，苏联人民中基本的朝气蓬勃的部分，大都是这种新型的苏维埃人。随便想一想就可以证明这一点。苏维埃制度成立有二十年了，在苏维埃制度成立时才15岁的人，现在都有35岁了。

过去的几年是值得注意的几年。它们要求人们紧张地劳动。我们可以回忆一下苏维埃国家的历史。这份历史虽然简短，它的内容却是又丰富又鲜明。毫无疑问，苏联的艺术家一定会创造出无愧于这个时代的作品来的。

我国创作发展所具有的特征，是任何一个国家所没有的。就举一件事来说吧：在我国几乎每个工厂、每个集体农庄和国营农场、每个机关和许多居民委员会，都有墙报、自学小组、政治学习小组、业余文艺团体，等等。参加这些活动的有几千万人。光是这个事实，就说明苏联人民文化的成长，因为这里所说的是几千万人文化的成长。

斯达汉诺夫运动给我国工人未来的文化和技术提高，播下了种子。难道这个运动的发展不是苏联人民文化空前增长的指标吗？

城市和乡村的长期对立，在逐渐消除着。集体农庄的生产、农业工作的机械化、农村广泛的政治和教育措施，都为彻底消灭城乡对立创造了条件。

我们常常听到有人埋怨我们的文学太弱。也许，我们的文学跟人类活动其他部门的巨大发展比起来，是弱了一点。但"我们的文学是世界各国各民族文学中最年轻的文学。同时它也是最有思想性、最前进和最革命的文学"（日丹诺夫）。这种文学说明苏维埃国家各族人民的社会主义劳动，说明苏联的幸福生活。这种文学是为社会主义建设事业服务的;文学作品里的主人公,都是新生活的积极建设者——工人、集体农民、党员、工程师、共青团员、少年先锋队员、经济工作人员;我们作品的主题,就是我国各族人民的创造劳动。

难道这一切不就是说明:苏联不仅成了一个先进的工业国,不仅成了世界上最伟大的社会主义农业国,而且成了先进的社会主义文化的国家吗?

(《苏维埃政权给了劳动者什么》,1937年)

……苏维埃政权为了使人类智慧所创造的一切优秀成果成为全民的财产,不惜花费大量金钱。亚里斯多德、伏尔泰、狄德罗、爱尔法修、霍尔巴赫、斯宾挪莎、笛卡尔、德谟颉利图、费尔巴哈、达尔文、牛顿、爱因斯坦、门得列也夫、梅奇尼科夫、巴甫洛夫、季米略捷夫等人的著作已出了几万册,甚至几十万册。像拜伦、巴尔扎克、海涅、歌德、雨果、狄更斯、左拉、莫泊桑、罗曼·罗兰、塞万提斯、法朗士、莎士比亚、席勒那样的世界古典文学家的作品,出版了几百万册。

俄国古典文学家作品,像普希金、果戈理、格利鲍耶陀夫、莱蒙托夫、赫尔岑、涅克拉索夫、萨尔蒂科夫-谢德林、托尔斯泰、契诃夫、高尔基、马雅可夫斯基等人的作品,都已经达到几千万册。俄罗斯人民也认识了苏联其他民族的古典文学,如舍甫琴柯、阿洪多夫、鲁斯塔维里、屠曼扬、萧洛姆-阿雷恒等人的作品。苏联其他各族人民也认识了俄国文学和世界文学的宝藏。

……此外,凡是在著名作家、音乐家、艺术家出生或居住过的城市里,人们总是怀着敬爱的感情,收集一切有关他的生活和创作的东西,并且为他建立纪念馆;热心地到纪念馆去参观的,不仅限于本地的居民,而且还有外来的人士。例如契诃夫纪念馆不仅建立在这位俄国大作家的诞生地大冈罗格,而且还建立在他度过晚年的雅尔达。人们对建立纪念馆的要求极大,所以即使在目前这样艰苦的战争时期,建立纪念馆的工作也没有停止。我们常常可以在报纸上看到我国某地开放新的纪念馆的消息。

(《论我国人民的道德面目》,1945年)

我国知识分子跟工人阶级和集体农民最密切地联系在一起。我国工程师、作家、演员、艺术家、诗人、教育家是依靠自己的才能而成为知识分子的。中等教育,七年教育,在我国是人人必须受的,受完七年教育,人人面前都开放着一切道路。参加我国知识分子队伍的,是人民中最积极、最有天赋、最有才能、最有资格的人。

……我们说,我国将成为世界上艺术和科学最发达的国家。我也那么想。但要做到这一点,就必须工作,必须改进我们的生活和我们自己。如果你们愿意国家进步得更快些,那么你们就应当竭力发挥你们的创造力。(长久鼓掌)我可以向你们保证,你们创造力的发展,将使你们每人的个人生活充满非常丰富的内容。(鼓掌)

(摘自在列宁格勒知识分子大会上的演说,1937年)

马克思主义者努力想确定的,不是把知识分子跟其他人民区分开来的确切界线,而是知识分子在资本主义社会阶级结构里的作用和地位。在资本主义社会里,知识分子的作用是固定的——就是在一切部门为资产阶级服务,包括生产、国家机构和社会生活各方面,他们到处都是资本主义的保护人……

……苏联知识分子的情况就完全不同了。在没有资本家的社会里他们可以为谁服务呢？——只有为人民，也就是说，为工人阶级和农民。

举例说，作家——读他作品的不是资本家，而是人民。无怪我国作家的书的印数不像在资产阶级国家通常所见的那样只有两千三千，而是几万几十万。

（《论知识分子》，1939 年）

……我们老一代的人，大半是通过实践，通过对旧世界缺点的揭露而成长的。我们热爱像契诃夫那样的作家，因为他描写旧俄的普通居民，而且描写得无与伦比，描写得比谁都出色。但要把这种批判和怀疑的态度，改成另一种态度——倾向新的时代，倾向新的环境——却相当困难。我们的苏维埃制度，是跟旧的制度完全对立的。在我国的环境里，千百万人积极参加社会主义建设、自修教育和政治活动，我国人民一心一意要完成伟大的事业，参加我国大规模的建设，这种愿望表现在各种方式和场合中。

（摘自在小剧场工作人员授奖典礼上的演说，1937 年）

……在我国知识分子面前，在我国从事脑力劳动的人们面前，展开了非常广大的创作场地，那在从前是根本无法想像的。

举个例来说，以前格鲁吉亚作家用格鲁吉亚文写作，只是为了格鲁吉亚人民。即使一个很有才华的作家，要想获得广大的活动场地——不要说在欧洲文学界，就是在俄国文学界——也会遇到重大的困难，甚至警察的阻碍。不过，事实上，当时作家并不是为本族人民创作的。现在他可真的是为格鲁吉亚人民创作了，但同时他也为全体一亿八千三百万苏联人民创作。这也就表现出苏维埃政权的一个极重要特点:苏维埃政权在本质上具有深刻的国际主义精神。可以大胆地说一句:在现代,不论格鲁吉亚、亚美尼亚、白俄罗斯、乌克兰和任何一个民族的作家,如果创作了一部有价值的文艺作品,决不会徒劳,它立刻会流传到全苏联的范围,不仅会受到俄罗斯人民的赏识,而且会受到苏联各族人民的重视。这就是新的情况。

这个新的情况,无疑会扩大各种脑力劳动工作人员的眼光,减少民族的局限性。事实上,现在他们活动的范围已经扩展到整个苏联了……这个情况扩大我国知识分子的眼光,打破一切民族的感情和见解的限制。现在我国的全体学者、作家和艺术家从事创作,不仅为自己,不仅为本族人民,而且也为全体苏联人民。这一点,我认为是社会主义革命在脑力劳动方面最重大的成就之一……

……格鲁吉亚民族是我国文化最悠久的民族之一。格鲁吉亚民族的文化,远在纪元之前就诞生了。它是配合着世界上最古和最新的文化而发展的。在我国恐怕没有一个民族的文化,具有像格鲁吉亚文化那么悠久的历史。我个人一向很钦佩格鲁吉亚古代的纪念碑、格鲁吉亚的艺术、格鲁吉亚的文学。当你读到鲁斯塔维里的作品时,你会情不自禁地想:要找出像这个格鲁吉亚民族的崇高天才那样生活在七百年之前的作家,该不会很多吧!这一切都告诉我们,格鲁吉亚人民自古以来就具有伟大的智力。因此他们能产生那么杰出的知识分子。因此他们能给人类伟大的斯大林。

(摘自在梯比里斯知识分子大会上的演说,1940年)

俄国知识分子跟斯拉夫各民族进步阶层的交往、为斯拉夫各民族所了解和爱好的俄国文学、斯拉夫文学对俄国人民的影响、斯拉夫人的过去历史——这一切使他们在反对德国侵略的斗争中成为朋友。

(《斯拉夫人和战争》,1944年)

文学的意义

要提高文化,就必须研究文化史,研究人类的全部文化遗产。必须熟悉俄国的著作,尤其是文学著作。没有这方面的知识是不行的。教师的工作是培养人才,培养最年轻和感受性最强的人才。文学——这是最丰富的人物类型的展览画,至少我是那么想。在文学里你们可以看到无数不同情况下的人物类型。因此,掌握文学知识,这也可以说是你们的职务。因此,要提高文化,首先就得丰富文学知识。文学最能使人充实、成熟(根据我个人的经验),更了解人家。

(摘自在教师会议上的演说,1938年)

你们在博学这方面说来,应该成为有高度文化修养的人,也就是说,你们应该熟悉有关学校基本问题的一般著作和专门著作,熟悉科学、艺术和技术基本部门的一般著作和专门著作,你们应该熟悉文学,等等,因为你们应该成为共青团员教师的榜样。

……好像是勃留索夫①说过这样的话："我之所以热爱青年，是因为依靠他们才能前进。"这话是对的。然而，在你们这儿进步的确并不显著，虽然在这方面是很有可能的……你们应该不断地努力前进，你们应该抓住每一个新的迫切的问题。但要做到这一点，我再重复说一次，你们应该具有高度的修养。要是我的力量办得到，我真想强迫你们每天至少看五小时的书（包括文学和有关艺术、科学、技术等各种问题的著作），以便增进你们的学问、文化和教育，以便在发生任何原则性的和实际的问题时，教师会感觉到：哦，这儿有科学院的气味！这样，你们的威信在教师的眼睛里马上就会提高了。

（摘自在苏联列宁共产主义青年团省委书记会议上的演说，1940年）

学问不是容易得到的。只有在不倦的劳动中才能取得学问。没有广博的学问而去教授马克思列宁主义，即使很小的成绩也不能取得。一个人如果不熟悉苏联各民族的历史、世界史、自然科学、文学、哲学和各种艺术等等，他能成为一个怎样的马克思列宁主义的教师呢？

你们一定熟悉卡尔·马克思的笔记簿，其中收有他那著名的按照年代排列的笔记。不过，马克思使人敬佩的，不仅限于自己的历史知识，而且还有数学、自然科学、文学、艺术等方面的知识。马克思真是无所不知！这也就是他成功的原因！（鼓掌）

（摘自在全苏大学马克思列宁主义教研室主任会议上的演说，1940年）

---

① 勃留索夫（1873—1924），俄国诗人。

人们谈到研究马克思列宁主义,常常以为只要阅读马克思主义的书籍——马克思、恩格斯、列宁、斯大林的著作就够了。事实上,不是那样的。关键在于一切书本都要用马克思的方式、列宁的方式、斯大林的方式来阅读。譬如说,阅读车尔尼雪夫斯基的作品,他的作品可以用不同的方式来读。19世纪60—70年代的进步读者照自己的方式来读,当时自由主义的读者也照自己的方式来读,而我们马克思列宁主义者也照我们自己的方式来读。我们的理解是跟他们不同的。如果你们作有关车尔尼雪夫斯基的报告,分析车尔尼雪夫斯基,并且展开讨论和互相琢磨思想,你们就能更好地领会马克思列宁主义。

(摘自在教师会议上的演说,1938年)

……要知道各种类型的人物,要善于了解各种人物,善于了解每一个人,知道他是一个怎样的人物,从他的身上可以得到些什么,怎样可以更好地在生产关系中利用他——这一切都需要文学知识。

(摘自在高等技术学校工会代表大会开幕典礼上的演说,1930年)

要创造典型,需要很多东西。没有文化,没有文学知识,没有俄国历史知识,这是办不到的。而我觉得我国的青年艺术家在这方面是不够的,他们创造出来的东西有很多是幼稚的。

……只有集中的、典型的东西,才能使人产生深刻的印象。你们可以回忆一下古典文学作品。那里提供了非常集中的典型,因此直到现在它们仍能使人产生深刻的印象,读起来仍旧津津有味。

(《论标语画的艺术》,1943年)

18 世纪和 19 世纪的俄国文学

俄罗斯人民从自己内部产生了不少人才,这些人才以自己的才能提高了世界文学的水平。我们只要举出下面几个名字来就行了:罗蒙诺索夫、普希金、别林斯基、杜勃罗留波夫、车尔尼雪夫斯基、涅克拉索夫、谢德林、契诃夫、托尔斯泰、高尔基、苏里科夫、列宾、格林卡、柴可夫斯基、李姆斯基-柯萨科夫、门得列也夫、季米略捷夫、巴甫洛夫、米丘林、乔柯夫斯基。至于那些给整个戏剧艺术发展以重大影响的俄国戏剧大师,更不必说了。这一切都说明俄罗斯人民在世界文化发展上所起的作用。

资产阶级的帮闲文人伪善地歌颂"祖国"的自由和独立。列宁在回答他们时写道:

我们大俄罗斯觉悟的无产者是反对民族自豪感的吗?当然不是的!我们热爱自己的语言和自己的祖国,我们最努力争取的,是要使祖国的劳动群众(也就是说它的十分之九的居民)过民主主义者和社会主义者的觉悟生活。我们最痛心的是看到和感到,沙皇的刽子手、贵族和资本家怎样对我们美丽的祖国肆行强暴、压迫和戏弄。我们感到自豪的是：这些暴行引起了我国人民的反抗，引起了大俄罗斯人的反抗，这个人民产生了拉季谢夫①、十二月党人、70年代的平民知识分子革命者，大俄罗斯的工人阶级在1905年建立了强大的群众的革命政党，同时大俄罗斯的农民也开始成为民主主义者，开始打倒僧侣和地主。②

苏维埃制度解放了人民的创作力量，使劳动大众都能享受文化。科学、艺术和文学界优秀人物的理想实现了：人民合理地评价和珍重他们的文化遗产，并且把它吸收到社会主义文化建设中来。社会主义丰富了艺术、科学和技术，把俄国文化提高到空前的水平，其中最高的成就，用斯大林同志的话来说，就是列宁主义。

（摘自在第十七次全俄苏维埃非常代表大会上的报告，1937年）

为了对抗贵族君主上层阶级的狭隘利己的道德，产生了新的道德原则：憎恨剥削者，热爱人民，热爱祖国。俄国的优秀人物，为了帮助农民从农奴制度下解放出来，献出了自己全部的力量，甚至生命。斯吉邦·拉辛和叶密里央·布加乔夫的两次起义，迫使贵族阶级中最开明的人士考虑当时的问题，并促使他们对农民的处境和地主的横暴进行批判。

俄国18世纪文学体现了革命道德的第一批萌芽，其中一部分是受

---

① 拉季谢夫(1749—1802)，俄国革命家，共和主义者。
② 引自列宁的《论大俄罗斯人的民族自豪》一文。

了法国启蒙学派的影响的。这种文学最出色的代表拉季谢夫,在他的著作《从彼得堡到莫斯科旅行记》里,猛烈批评农奴制度。拉季谢夫鲜明地描写农奴生活的可耻图画(农民家庭整批和零碎地被出卖,农民被交去当新兵,农奴主的任意戏弄和糟蹋农奴),愤怒地斥责农奴制度,斥责农奴制的残酷性,肯定为保卫自己的人权而斗争的农民的任何行动都是合法的。他唤起他的同时代人的理智说:

> 农民至今仍是我们的奴隶;我们不仅不承认他们是我们的平等同胞,而且忘记他们也同样是人。我们亲爱的同胞啊!祖国的真正子民啊!你们试环顾一下,认识你们的错误吧……
> 但在我们之中谁在带枷锁,谁在当奴隶?农民!他们供养我们,使我们免于饥饿;他们给我们健康,使我们长寿,而自己却无权享受耕种出来的产物……
> 三分之二的国民被褫夺公权,其中一部分人得不到任何法律保障,试问这样的国家称得上幸福吗?俄国农民的处境谈得到幸福吗?只有嗜血若命的人才会说他很幸福,因为不了解农民的生活可以改善……
> 一百名特权公民穷奢极侈,千万平民无衣无食,这样的国家可以称为幸福吗?这样的国家还不如让它荒芜吧!……

拉季谢夫的教育思想到现在仍旧可算是进步的。

道德所包括的感情范围非常广大,要向社会表达这些感情,就需要发达的语言。俄国伟大学者罗蒙诺索夫在创造俄语上化了很多工夫,这就使当时的俄国社会容易接受新思想。

罗蒙诺索夫说:"俄罗斯强国所借以支配大片领土的语言,具有天然的丰富、美丽和力量,配得上这个伟大的国家,它不比任何一个欧洲语文逊色。"他认为俄语具有"西班牙语的华丽、法语的生动、德语的刚毅、意大利语的柔和,以及希腊语和拉丁语的内容丰富、叙述简明的特点。"

19世纪上半期的文学,大大促进了俄国社会政治思想的发展和对本国人民的认识。

(《论我国人民的道德面目》,1945年)

阶级社会的基础,就是统治阶级对劳动大众的压迫。既然统治阶级用直接的暴行来巩固自己对被压迫者的统治,那么,阶级社会的全部上层建筑——从国家政权机关起,到统治阶级本身的生活环境为止——也是适合于实行压迫的。这种压迫通过某些方式,扩展到青年头上,因此青年人常常因为生活的意义而烦恼。年轻的奥迦廖夫①用下面的话来表示这种感情:

> 我要什么?……要什么?……哦!愿望太多,
> 但要实现这些愿望,得寻找道路,
> 有时真觉得——强烈的冲动
> 在烧毁头脑,撕裂胸膛。
> 我要什么呢?我要实现全部的愿望!
> 我渴望知识,我要创造奇迹,

---

① 奥迦廖夫(1813—1877),俄国杰出的社会活动家、思想家、政论家、诗人。

还要恋爱,怀着疯狂的忧郁,
我要感觉到整个生命的搏动!

现在在阶级社会里,统治阶级、剥削阶级青年的处境,绝对说不上好。连国家对他们也表示不信任,表示怀疑。无怪在号称最民主的资本主义国家里,在选举上,特别是在选举上议院时,年龄的限制竟提高到40岁。普通工作总是从最基层的职务开始,一个青年人要想上升,必须具有一定的服务资格,并且要会奉承上级。在俄国文学里,像这种官僚的典型,格利鲍耶陀夫在《智慧的痛苦》里通过莫尔恰林的形象,描写得淋漓尽致。莫尔恰林说:

父亲给我留下遗嘱说:
首先,要毫无例外地讨好一切人:
要讨好借他房子住的主人,
要讨好一起做事的上司,
要讨好给长官刷衣服的跟班,
要讨好看门人,为了避免灾难,
要讨好看门的狗,使它待你客气些。

结果,莫尔恰林这个名字就成了拍马官僚和老滑头的代名词。他认为:

在我的岁数上
不敢有自己的见解。

莫尔恰林型的官僚，在资本主义各国，受到有权有势的人们的鼓励和支持。

在日常生活里，青年受到的压迫更大。统治的剥削阶级的道德——这是奴隶主的道德，农奴主的道德，资本家的道德。这种道德包含着极大的罪行和污秽，它必然要以自己可憎的面目去腐蚀本阶级的人们，包括青年在内。几乎整个青年的一代，在物质上都依赖家长。这种物质上的依赖性，不仅限于童年，而且往往要延长到成年之后的好多年。所谓纨绔子弟穷奢极侈，荒淫无度，而有钱的父亲却视若无睹。但是，如果这些有钱人的子弟给革命事业捐了一文钱，那么，百分之九十九他会丧失财产，并且被家庭驱逐出去。

家长对青年的那种无礼权力，在冯维辛的喜剧《纨绔子弟》里表现得非常清楚。在《纨绔子弟》里普罗斯塔科娃说："我很高兴，因为我的米特罗方不爱前进。以他那样的头脑，要高飞远走，上帝饶了他吧！……我的米特罗方，你别学这种傻里傻气的科学了……我的朋友，要是学问对你的小脑袋是那么危险的话，那么依我说还是停止吧。"

可以毫无疑问地说一句，普罗斯塔科娃之流要比米特罗方之流更多，也因为这个缘故，阶级社会里总是存在着"父与子"的问题。

冯维辛的同时代人拉季谢夫，是一个抗议者，自由的勇敢保卫者，是"奴役制度的敌人"——这是普希金给他的称号。虽然当时的青年极难反抗普罗斯塔科娃——普里普罗丁——斯科季宁之辈，而且一般地说极难"反对长官制度"，但是拉季谢夫在跟"贪婪的野兽和无餍的嗜血者"的斗争中，却显示了惊人的纯洁的道德和忘我的精神。他满怀热情地揭露农奴制度："这是带脚镣手铐的人的命运，这是囚禁在恶臭的监房里的人的命运,这是轭下的牛的命运!"他公然反对沙皇的专制,并且大声疾呼说:"专制制度是人最难忍受的一种制度。"

(《共青团的光荣道路》,1938年)

劳动对儿童教育具有重大的意义……不久之前我读了拉季谢夫的著作,他建议对贵族子弟进行手工业训练,使他们在革命之后对新社会有些用处。拉季谢夫写这些话,差不多在两百年之前。但现在他的著作对教育家仍多少有些用处。

(摘自在接见苏伏洛夫军事学校政治部副主任时的讲话,1944年)

有这样的一些人(在城市里和乡村里都有),他们简直不读书,事实上修养很差,但却竭力穿戴得很时髦,他们戴大礼帽,甚至于穿吸烟服,洒香水,要装出"有学问"的人的派头,可是他们本身、内部,却是没有文化素养的。在我看来,德国小市民和富农的"文化"也是那样的(当然,这只是一种类比,而且我想说,是一种很有条件的类比)。这纯粹是一种外表的、空洞的、不触动人类灵魂深处的"文化",是高尔基最反对的小市民的"文化"。

只有德国式的庸夫俗子,可以天天面对那些千篇一律地装饰着富农和小市民住所的悲天悯人式的宗教箴言,而一点不觉得厌恶。这些箴言的作用就在于使头脑愚钝。这一切只能教那些经验不足、丧失美学鉴赏力的人发生印象。总的说来,德国式的千篇一律的生活,并不能眩惑一个头脑健全的人的敏锐眼睛。无怪我国优秀的古典作家(如赫尔岑、谢德林等)瞧不起德国的生活方式。

(摘自对联共(布)乡村区委书记的谈话,1945年)

不错,"俄国贵族中间产生了比龙①和阿拉克契耶夫②之流,产生了无数'酗酒的军官、闹事鬼、赌徒、闹市集的好汉、看猎狗的人、打手、行刑吏、妓院老板',以及多情善感的玛尼罗夫③之流。'但在他们之间,'赫尔岑写道,'也出现了12月14日的人物④,像罗莫尔和莱姆⑤那样由兽奶喂养长大的一批英雄……这是些从头到脚纯钢制成的勇士,是志同道合的战友,他们为了唤醒青年一代走向新的生活,挽救刽子手和奴才社会所生的子弟,甘愿赴汤蹈火。'赫尔岑就是这些子弟中的一个。"

列宁在赫尔岑诞生百周年纪念时曾经说过这样的话。在无数打手、看猎狗人之中,违反统治阶级的心愿,产生了像赫尔岑那样的人,他们为了人民的解放,远在一百年之前就进行了酷烈的斗争。

(《工农联盟的过去和现在》,1925年)

不由得使人想起赫尔岑所说的关于12月14日的人物的话来,他说这是一批英雄,"是从头到脚纯钢制成的勇士,是志同道合的战友"。

---

① 恩斯特·约翰·比龙(1690—1772),德国反动集团首领,在18世纪30年代窃取俄国官廷大权,是女皇安娜·伊凡诺夫娜的宠臣,实际上享有无限权力,1740年曾任俄国摄政王。
② 阿列克赛·安德烈维奇·阿拉克契耶夫(1769—1834),俄皇巴维尔一世和亚历山大一世的佞臣,极端的反动分子。1808年曾任陆军大臣。
③ 果戈理名著《死魂灵》中的人物。
④ 指十二月党人。
⑤ 根据古代传说,罗莫尔和莱姆是战神马尔斯的孪生子,饶勇异常,是由狼奶喂养长大的;罗莫尔是古罗马的建国者,莱姆是古罗马人的守护神。

斯大林同志就是这样的一种人。

（《庆祝斯大林同志六十诞辰》，1939年）

可以大胆地说，斯大林同志是别林斯基、杜勃罗留波夫、车尔尼雪夫斯基等俄国人民优秀儿子的直接继承者之一，这不仅由于他在马克思列宁主义的基础上，实现了这些人最美好的理想和志愿，而且由于他本身的生活态度——对现存局面的不妥协性、无产阶级对统治阶级的憎恨、跟压迫者进行直接和不断的斗争。

（《庆祝斯大林同志六十诞辰》，1939年）

平民青年——僧侣、教堂职员、小官吏、商人、农民、教员、医生等人的子弟——在自己的阶级中产生了为人民事业而奋斗的杰出战士，他们在当时常常是"诗人兼社会主义者"。像别林斯基、车尔尼雪夫斯基、杜勃罗留波夫那样的平民，不仅在文学方面，而且在阶级斗争的舞台上，占有杰出的地位。他们是当时先进社会思想的真正拥有者。车尔尼雪夫斯基早在20岁上就自称为"首先赞成社会主义、共产主义和极端共和主义的人"。他深信俄国"不久将发生暴动"，他准备"一定参加这个暴动"，他不怕人民革命的艰难、曲折，不怕国内战争的流血和残酷。杜勃罗留波夫跟他一起震惊了沙皇制度和懦怯阿谀的自由主义。他们是革命的民主主义者，是农民革命的领袖。

（《共青团员的光荣道路》，1938年）

别林斯基、车尔尼雪夫斯基、杜勃罗留波夫、涅克拉索夫等人，对革命道德的发展和加深，起了重大的推动作用。这种革命道德已为当时社会的很大一部分群众所接受。别林斯基、车尔尼雪夫斯基等人唤醒当时的人心,促使人们考虑生活,考虑在生活中可以作些什么有益的事。在俄国文学史和政论史上,未必有人能像别林斯基、车尔尼雪夫斯基、杜勃罗留波夫那样支配人们的头脑,那样有效地鼓舞他们的公民自觉心,并推动他们去为民主革命而进行反专制的斗争。同时,他们的个人生活,也完全献给了俄国民主事业的发展,因此在当时进步人们的眼睛里,这种生活就是高度道德的模范。

别林斯基写道:

"不能不热爱祖国……但是这种爱不应该是消极地满足于现状,而应该是生气勃勃地希望改进现状;一句话说来,爱祖国应该同时爱人类……爱自己的祖国,这就是说,热烈地希望看到人类理想在祖国实现,并尽自己的力量来促进这一点。"

涅克拉索夫用自己的作品鼓动每个人去憎恨奴隶主,热爱人民,并号召他们去进行斗争:

> 为了祖国的荣誉,为了信仰,
> 为了爱……去赴汤蹈火吧!
> 一无怨言地去牺牲吧!
> 你不会白死的……
> 为事业而流了血,
> 这样的事业是巩固的。

"你也许当不成诗人,但一定要做一个公民。"——他这种发自心底的呐喊,不由地在俄国广大社会阶层中唤醒了良好的公民感觉,使他们意识到自己在国家和人民面前所负的道德责任。

(《论我国人民的道德面目》，1945年)

只有在苏维埃联盟才有真正的民权，真正的民主。你们只要回忆一下俄国古代的历史和诺夫戈罗德的人民大会。表面上看来，这是纯粹的民主：全体人民在广场上决定根本问题，而且所决定的也能做到。在斯拉夫派中，有不少人看到这种表面现象，就宣称俄国古代是俄国人民的黄金时代。不过别林斯基和车尔尼雪夫斯基早就辛辣地嘲笑过斯拉夫派的这种迷恋。我们共产主义者清清楚楚地知道，在诺夫戈罗德的人民大会里，一切重要问题实际上都是由金钱来决定的。

(摘自在列宁格勒知识界竞选大会上的讲话，1937年)

俄国知识分子的处境，特别是其中民主部分的处境，是悲剧性的，至于沙俄其他民族的知识分子，更可以不必说了。民主的知识分子在沙皇的政权机关和反动的地主自治机关里担任从属性的职位，他们看到人民的重大苦难，但却无法切实帮助他们。何况他们也不知道真正的出路。他们没有看到工人阶级，那个领导人民进行反对沙皇专制和资本主义斗争的阶级。俄国民主知识分子的这个悲剧因素，鲜明地贯穿着全部俄国文学史。

(《苏维埃政权给了劳动者什么》，1937年)

我们面前的任务，是提高工农的幸福——提高他们的文化水平。人类在理论上提出这个目标，已经有几千年了：这个任务，从古代的哲学家起，到列夫·托尔斯泰为止，凡是聪明卓绝的人都考虑过；这个任务，凡是知识分子都研究过，有的在学生时代，有的在自己的晚年。现在，这个任务已经变得很实际了。在纲领上我们已经解决了它——现在我们要在实际上去完成它。

（摘自在全苏地方医生代表大会上的演说，1925年）

列夫·托尔斯泰写过一本小册子，叫做《人需要很多土地吗？》。有一个地主提出，他情愿以一百卢布的代价出让土地给一个农民，条件是那个农民从日出到日落能走过多少土地，就给他多少土地，但他在日落的时候一定要回到出发的地方。

那个农民跑得愈远，他觉得土地愈肥沃。

跑到中午，他打算回到出发的地方去了，可是抬头一望，眼前是一片诱人的田野——弄到手又不费什么事：只要再加一把劲，那些田地就可以归他农民所有了！在日落的时刻，农民竭尽最后的力气，走到出发的地方。太阳落下去了，农民的双手触到了出发的地方，但是农民却断了气。地主就给那个死去的农民量出答应过的那片土地。

列夫·托尔斯泰的道德，不解释也是明明白白的。但如果停留在这样的道德上，那就等于间接地为当时存在的制度辩护。有人会说："是他自己不好，不该贪心"，"自己的贪心毁了他"，以及诸如此类的话。这一类好像教训倒楣的贫农的话，我们听得太多了！事实上，资本主义世界就是那样构成的：每个穷人面前都浮现着他个人幸福的海市蜃楼。

在资本主义世界里，没有什么比个人的生活更没有保障，更要碰运气的了。人老是在努力走向"出发的地方"，但可惜他的处境比托尔斯泰笔下的农民更不幸，因为在那个农民的眼前到底还有田野，而在现代追求个人幸福者的面前,却只有一些虚无缥缈的蜃楼。这些诱人的蜃楼,是统治阶级巧妙地安排的,是用来保护资本主义世界、防止穷人破坏的有力手段。

当然,我国的农民还存在着相当深的幻想,认为可以不依靠共同的繁荣而单独搞好自己的经济。无怪列夫·托尔斯泰要提出农民来了,然而形形色色的反动分子却起劲地培养着农民的个人主义偏见。这对他们是有利的,因为会分散农民。

苏维埃制度吸收农民参加国家的管理,告诉他们积累资金的窍门,彻底洗除农民头脑里的小资产阶级残余意识。

(《工农联盟的过去和现在》,1925年)

不由得使人想起了列夫·托尔斯泰的故事《人需要很多土地吗?》。在这篇故事里讲到,一个人只要花一定数目的钱,就可以得到他从日出到日落跑到的所有土地。那个人就竭尽全力,想多跑些路,多得到些土地。可是等他跑回起点的地方,就倒下来断了气,结果他只需要三阿尔申①的墓地了。不错,希特勒用土地来奖赏给自己的基干军队:他的几百万兵士已经在苏联的地底下获得了自己的一小块土地。

(《战争的一年》,1942年)

……让我们看看……农奴制度最后几年的一幅图画……

---

① 一个阿尔申合0.71米。

摘录农奴制度时代的笔记

少爷回来的时候,他的样子认不得了:他长得很高大,成人了,留了浓密的胡髭,显得比本来更英俊……

叶戈尔·彼得罗维奇老是跟母亲一起在房子里走来走去,打听着经济和自己家农人的情形。

我们少爷的样子很严厉,吓得我不敢走近他;我们的董卡却是一个大胆的姑娘,她老是在那几间可能遇到少爷的屋子里走来走去。我也有两次(有事)在少爷的身边跑过,但他正巧忙着跟母亲讲话,没有注意到。

我们的太太在儿子面前很温柔,悄悄地回答他说:

"小叶戈尔,我往哪儿去给你弄钱呢?我在短短的时期里办了三次丧事,我连巴莎都是用自己的钱给她葬的,而这两年来收成又不好。"

少爷太太们在书房里谈事情,而董卡却在女仆室里想出一个法子来跟少爷开玩笑——临睡之前在他的被子下放一些荨麻。我们跟她吵嘴,说她会弄得少爷生气,叫我们大家全倒楣的。

"又不是你们去铺床,是我去,"董卡说,"我一人来担当。"

于是我就对董卡说:

"好吧,我帮你去采荨麻,只是听好,你可不能对少爷说是我干的。"

马拉莎听了我的话,笑着说:

"别看我们的阿古尔卡只有 16 岁,她可比所有的姑娘都调皮:她想藏在人家的背后跟少爷调情呢。"

为了这句话,我跟马拉莎吵起嘴来,就在这时奥尔迦·伊凡诺夫娜走进了女仆室。

她说:"你们这些丫头可别为了少爷而打架,还是看看他给我带来了多美的长毛围巾。"

当马拉莎跟阿克秀斯卡开始欣赏围巾时,董卡推推我的腰,喃喃地说:

"快到花园里去,阿古尔卡,去采荨麻……"

晚上我们躺下去睡觉时,我知道我的荨麻已经放在少爷的脚跟头了。我躺在床上,心里吓得直跳:我想明天我们准会出些什么事。

董卡躺在我的旁边,我忽然看到她起来了。

"你上哪去?"我问。

"我躺不住了,"她说,"我要去看看,少爷睡了没有。"

我就跟着董卡一起去。我们只穿一件衬衣,赤着足,用脚尖在房子里走着。

少爷房里的灯已经熄了,房门却没有闩上;我们侧身走近房门,往里望去。

月亮照进少爷的房间里,地板上满是月光。

少爷躺在床上,盖着绸的被头,床旁的地板上抛着我们的荨麻。我们朝少爷望了望,又打原路回到了房里。

第二天早晨,我们这些姑娘都还在女仆室里,少爷走了来,他在门槛上站住了,问道:

"你们哪一个丫头给我铺的床?"

董卡从刺绣架后走了出来,说:

"是我!"

我不愿落在董卡之后,走过去对少爷说:

"荨麻是我采的。"

少爷先朝我看了一眼,然后望望董卡,冷笑了一声说:

"你们两个胆子可真大——不怕用荨麻来刺自己的少爷!叫我怎样惩罚你们呢?"

这时太太走了来,叫儿子喝茶去。

"小叶戈尔,你倒有兴趣跟这些贱货谈话。"她说。

儿子却回答她说:

"我,妈妈,看看你的丫头,其中也有长得漂亮的,就说这一个吧,"少爷指了指我,"皮肤白得像白雪公主,两只眼睛乌溜溜的好像煤块。"

可是太太却立刻朝我扑过来。

"死丫头,你不做事站着干吗?如果没有东西要熨的,那么坐到刺绣架上去刺绣吧。"太太说完,挽着儿子的手臂,走出了女仆室。

后来一早晨她就找我的错儿,最后她吩咐我到女仆室里去生炉子,给她熨新做的晨衣。

那件晨衣是细麻布做的,很讲究,姑娘们在上面整整绣了两年花。我在这段时期里已经学会了熨衣服,熨得又快又好,现在每小时能熨大半件晨衣。

炉子上搁着几只熨斗:一只冷了,就换另一只。当我熨到只剩绣有精细花纹的晨衣前襟时,我们的少爷在女仆室的窗外走过;他身上穿着契尔凯斯式的衣服,手里拿着一条鞭子。

我眼睛望着少爷,忘了手里拿着一只火烫的熨斗,竟把它压在晨衣上;等到少爷走过去了,我看到晨衣上一块烧焦的黑印;那时我吓得大叫"啊呀!"……

"我完了,"我说,"我,我,姑娘们,倒楣的,要死了,太太要把我打死了!……"

姑娘们从刺绣架上跳出来看烧坏的晨衣,而马拉莎却溜出去报告太太去了。

我说:"姑娘们,放我到阁楼上去吧:让我到那儿去上吊。"

我来不及出去,太太就像一颗子弹那样飞进了女仆室,一直冲到熨衣板旁。

我倒在她的脚下。

"太太,"我说,"我夜里不睡觉,给您补好所有烧坏的地方吧。"

太太不听我的话,只是大声命令姑娘们脱去我的衣服。

姑娘们一下子就拉下了我的印花布长衣,我只剩下一件衬衣了。

"把她的衬衣也脱掉,"太太嚷道,"把她拉过来,背对我。"

姑娘们把我的衬衣也脱掉了,我就像母亲生出来时那样一丝不挂了。

姑娘们捉住了我的手脚;太太从熨衣板上拿起火烫的熨斗,在我的背上乱烫。

我眼前一片漆黑,叫得整座房子里的人都听到。

太太来不及第二次烫我,少爷跑了进来。他夺下母亲手里的

熨斗,把它抛在屋角落里,对母亲高声么喝道:

"妈妈,您为什么要糟蹋这样美丽的身体呢?这样的身体不应该烧,应该抽。"

接着少爷就对姑娘们嚷道:

"不要捉住阿古尔卡了,放了她的手脚。"

姑娘们就松了手,放了我。我想逃走;少爷拦住了我的路,使劲地在我的胸上抽了一鞭子。

我尖叫了一声,冲到角落里。

少爷追过来,又抽了我一鞭子。

我逃避少爷,从一个角落逃到另一个角落,可是少爷却不断地抽我,抽我。姑娘们都贴紧墙壁站着,身子吓得索索发抖。我想躲到她们的背后去,但她们把我推开了。

我躲到太太的背后去,可是她却把我推到鞭子底下去。我那血淋淋的脸和烧焦的背痛得那么厉害,我支持不住了,就倒在地板上。

我在少爷的床上醒过来。奥尔迦·伊凡诺夫娜站在我的旁边,把一块擦过肥皂的湿麻布,放在我烧焦的背上;少爷在房间里走来走去,说道:

"奶妈,你得好好给阿古尔卡治一治,使她的背上不致留下烫伤疤。"①

虽然农奴制度表面上已经结束有60年以上了,但像上面那篇作品

---

① 摘自1912年在诺夫戈罗德出版的《农奴姑娘日记》。——原注

里的形象,还没有蒙上历史的灰尘。

相反地,最近一次的国内斗争,清楚地显示:地主的子孙们打人的本领并不比他们的父亲和祖父差,只不过祖父打丫头的木棒,他们用更文明、因而也就更毒辣的鞭子来代替,而祖先们安静地欣赏鞭笞的景象,就转变为子孙们对工农的疯狂憎恨。

……我们再来看看所谓改良时期吧。这个时期不仅离我们父亲的一辈很近,就是离我们的一代也不远。

我仍旧很吝啬,只剪取这个时期的一幅图画,免得人家感到我在过分渲染不久以前的往事。

"你们多拿一些耕地吧,"他劝告农民说,"全部希望都在这上面。你们不必要什么树林,反正生炉子的树枝和点灯的枯树,我会免费奉送给善良的邻居们的。草地你们也不需要很多——荒地要多少我有多少。我要它们做什么,只是多添麻烦……你们白白地割来用吧。"

总而言之,结果弄得农人放鸡的地方也没有。鸡是很笨的,不会分辨什么是自己的,什么是人家的,看到哪儿好,就走到哪儿——因此马上被捉去烧鸡汤。农妇找鸡找得筋疲力尽,而康农·鲁基奇却一声不响。

"是您,康农·鲁基奇,捉了鸡了吗?"她再三问着老爷。

"不晓得;我刚才在自己的菜园里看到一只鸡,是你的,是我的,只有天老爷分得出。"

"那么它在哪里呀?"

"大概是落到我的汤里去了吧。不要踏进我的菜园里去——

要不然,不仅人家的鸡我不答应,就是我自己的鸡也不答应。"

农妇怎么办呢?又不能因为一只鸡去打官司。她骂老爷,可是他已经听惯了。人家当面叫他"折磨鬼",而他只是整整长袍上的腰带。

他安排自己的耕作,算盘很精明。当农民的土地在休闲时,他就在他们的休闲地旁边播种燕麦。

牲口看到休闲地上没有东西可吃,而那边差不多低下头去就是一片碧绿的海洋。它忽然闯进老爷的燕麦地上,但是被鞭子打了出来,而牲口的主人还要罚款。牲口只踩坏了十戈比,而罚款却要一卢布。

"要是全部田地都踩坏,对我反而更好,"康农·鲁基奇得意洋洋地笑着说,"既不必怕冰雹打,又不必出钱叫农妇来收获。"

不过,他是很善良的,不要人家现金罚款。

"我要钱作什么呢,"他说,"买些供神用的蜡烛,点点圣灯油,我自己的钱也够了。朋友,你就那么办吧:踩坏田地而赔偿的一卢布,不必付了,你只要替我初耕和复耕半吉斯亚金纳①的田地,播种由我自己来。那么,我们就客客气气地分手吧。"

"您是我们的折磨鬼,康农·鲁基奇。"

"你说'折磨鬼',而我要说:规矩如此——不要窥视人家的东西。我不犯你,你不犯我。你知道什么叫所有制吗?朋友,那是国家规定的。因为人人爱惜自己的东西,所以不应该碰人家的东西。大家都和和睦睦地过日子;我保护你,你保护我,因为人人都有自

---

① 一个吉斯亚金纳合 1.092 公顷。

己的财产。谁要是忘记这一点,谁就是国家的叛徒,总而言之……唔,那就是说,是一个毫无价值的人。"

总之,不论踩坏田地或者盗伐树木,不但不会使他伤心,反而使他高兴。他每次受到什么损失,总是及时估定价值,一切都有一定的赔偿标准。他整天在田野、草地和树林里走着,什么也不会放过,仿佛他用鼻子闻得出犯罪的人似的。连夜里他都是一只耳朵睡觉,一只耳朵用心听着。

在农奴解放初期,他老是向调解吏提出许多控诉,经常打官司,虽然差不多总是败诉。可是农民胜诉得甚至厌倦了;赢得一枚五戈比的铜币,可是却要浪费一卢布的时间。他们慢慢地服从了;他们当面咒骂洛勃科夫,发泄心头的气愤,但规定的几个吉斯亚金纳田地,却耕得很规矩,完全凭良心。这样反而好些。

另外一种支持他的东西,就是所谓借贷制度。将近春天,农人的粮食和干草都用完了,而康农·鲁基奇总是准备尽邻居之谊出借粮食。

"先生,请您借两普特①面粉给我们,秋收时奉还!"农人鞠躬说。

"很好,朋友!我也不拿利息:我给你两普特,你还我两普特——天公地道。当然,为了感谢,你可以随便做些什么事……譬如说,嗯,譬如说,你老婆跟儿媳妇们可以给我收割半吉斯亚金纳燕麦。嗳,你那个大儿媳妇可真不错……长得挺结实。"

"对不起,康农·鲁基奇,收割半吉斯亚金纳燕麦,至少得付两个半卢布。"

---

① 一普特合 16.38 公斤。

"这是说付钱,但给我做些事是为了表示感谢。我又不会勉强你们:你们干起来就像游戏一般。时候一到,燕麦熟了,你那些娘儿们眼睛一霎,半吉斯亚金纳地就收割好了。"

紧接着第一个农人,第二个又来了,第二个之后又是第三个,第四个……个个都有需要,康农·鲁基奇也个个都照顾到。春天里耕地和收割,他都有保证。到了夏天割草,他也同样有保证。

此外,他还可以得到第三种援助,也是最出色的支持——荒地。

"你们拿我的荒地去种吧……"他劝告农人们说,"我既不要你们的钱,也不要你们的干草——我要干么呢?你们大伙来把我的草地割好——这样我就感激不尽了。你们干这个就像游戏一般,但对我却帮了很大的忙。"

"您老说游戏,游戏。我们可整年就在您的地方游戏,仿佛从前做义务劳动一般,"农人们反驳他说,"您最好还是像别人那样,康农·鲁基奇,或者收钱,或者拿一半收获物……"

"你们说什么来了,老天保佑你们,如果我拿邻居的钱,叫我以后怎么好意思见人。我帮你们的忙,你们帮我的忙,这才合乎基督的道理。等你们给我割好了草地,我请你们喝一桶酒,外加包子——这是当然的事。"

总而言之,因为各种不同方式的援助,农人们就只好到他那儿去工作,而他自己却吃得脑满肠肥。

现在来看看离开农奴制度相当远的一个时期。

让我们在所谓"伟大的改革"时期上歇一歇,平一平气。

上面谈到的一个接着一个的改革,是施恩于农民,使他们成为享有平等权利的俄国公民,可是在下层……

满了"期"的赎身农民精神非常颓丧;他显然是丧失了一切……

赎身农民虽然结束了自己多年来的忍耐和贫穷,但却意识到自己的渺小——这种渺小是可以像垃圾那样随时抛弃的——觉得自己一无出路,就开始把所有的东西喝个精光,开始偷窃——一直弄到拦住过路的客商说

"喂,商人,拿些茶钱来!"

"为了什么?"

"为了谈话。这太便宜你了。拿一张黄票子①来!"

有一年秋天,就在这种促使赎身农民有陷入赤贫之境的堕落关头,当赎身农民临到需要缴纳赎款的最困难时候,伊凡·库兹米奇跟经理一起出现在一辆小小的马车里,那辆马车套着一匹很好的阉马。

他们显然是在环游和视察"近郊"。马在大道上逍遥自在地走着。伊凡·库兹米奇直率地评价着"什么东西值多少钱"。不久大家都知道,"商人租下了"老爷的"一切"——稠密的树林、河流、田野、一切的一切。不久,新解放的农民知道,他们的伊凡·库兹米奇也"雇佣了"他们所有的人:步行的人每昼夜半卢布,带马的人每昼夜一卢布:"谁愿意照这个价钱到十五维尔斯特外的车站上去搬

---

① 沙俄时代一卢布的钞票。

运汽锅——去吧。"

伊凡·库兹米奇对人民就是那么说。①

1905年近来了,高尔基的《海燕》就是它的预言者;同时,高尔基还指出,新的革命典型在乡村里也出现了。日俄战争给乡村里发展中的革命思想以新的刺激。千万农民看清了沙皇制度内部的腐朽。最后,来了1905年,那时无产阶级在流血的斗争中彻底摇撼了沙皇制度的结构……

值得注意的是农民本身对当时局势的看法。

作家莫伊席尔②那样描写地主拉普吉夫对乡长和他书记的一段谈话:

"不会的。您说不会的。可是,已经发生了。不错,我对您说,已经发生了。您瞧吧:他们不要承租土地,却希望别的,并且传布各种不同的谣言,说着各种不同的怪话,他们说:'你是活在哪儿——天上,还是地上?你的耳朵是被金子灌聋了吧。'"

"嗯,这么看来,思想,企图,倒是有的。"

"哼,不用说远的,事实不是已经表现出来了吗?"

"前天,"拉普吉夫停了一停,仿佛有意要加强说话的效果,"前天我派人到基姆金洛格去犁田,可是他们竟把木犁和耙抛在沼地

---

① 格列勃·乌斯宾斯基:《支票簿》。
② 莫伊席尔(1880—1924),俄国作家,作品多描写20世纪初农民的痛苦生活。

上……不错。这是不行的。可是您,长官,却坐着,瞧着。"他幸灾乐祸地补充说,脱下了眼镜,重又气愤地用力把它擦着。

"我去报告,"乡长不安起来,从他那对缩小了的、深陷进去的栗色眼睛上,拉普吉夫看出他害怕了,"我去报告县长大人……这成什么话,真是无法无天,这,真的是已经开始……我一定去报告……您看怎样,华西里·伊凡内奇,得去报告吧,呃?"他问书记。

书记沉默了一会儿,咬咬嘴唇,一本正经地说:

"是的,事情很严重……必须报告。"

"那可不行,"乡长说,他坐在硬绷绷的木架沙发上非常紧张,一筹莫展地向周围张望着,"他们真的会……牧师早就说过了……还有传闻。瞧吧,在宋宁斯克……"

拉普吉夫站了起来。

"您从您那方面,彼得·莫赛伊奇,"乡长说,"您看到县长大人,您可别忘了说……我这方面由我来说,您那方面由您去说……真的,他们这批人……"

"我会说的……也许我写信给他更好些,"拉普吉夫安慰他说,"现在就……"

"再见,再见……您可别忘了,"乡长送他到院子里,重复着说。在他那对尖利的小眼睛里露出了懦怯的焦虑的神色。"是的,是时候了!……"

拉普吉夫只挥了挥手作为回答,就坐上了马车。

当天晚上,他差厨娘的十二岁孙子米苏塔卡给县长送去一封信,控告农民们。他作为一个贵族和地主,认为有责任提出警告:他们什么事都干得出来的。加之,在人民中间还流传着各种曲解,因此，他提到邻省的实例——那里暴动发展到烧掉地主的粮食和谷仓——特地把上述情况向县长大人报告。

乡长这方面显然也作了报告，因为结果是完全出乎乡长、拉普吉夫和杜勃累维茨农民们的意外——农民们曾经恐吓大家说，一种打破过惯了的生活的新的可怕的东西已经开始了。

乡村里叫来了哥萨克。

虽然，莫伊席尔的描写相当力薄，但仍旧可以从其中感觉到农民对地主土地的强烈渴望：他们想夺取地主的土地，并且用平民的方式来惩罚地主阶级。大家都看到，在过去的25—50年中，发生了多大的变动。

（《苏联的十年》，1927年）

最伟大的文字艺术家柯罗连科，在他的作品《盲音乐家》里清楚地显示，个人的幸福是多么靠不住，多么成问题。同志们，每个人的个人幸福在平时就这样不稳固，这样容易受到意外，那么，在目前，在国内战争的时期里，当千百万人牺牲的时候，脱离了斗争是没有个人幸福的。

（摘自在都拉无产阶级文化俱乐部里的演说，1919年）

苏联文学

我国所发生的事件,我国革命青年所表现的英雄气概,是真正不朽的。他们不是庸夫俗子,毫无目的地活到 80 岁,今天死,明天就被人家忘记了。在这场伟大的斗争中英勇阵亡的我国青年战士,将永远活在人民的心里。而这些壮烈的斗争场面,人们体验大苦难和大欢乐的斗争的场面——这些场面正在被研究和描写,并且将被写成最伟大的文艺作品。

(摘自在都拉庆祝红军第二期毕业生大会上的演说,1919 年)

群众之所以肯牺牲自己的生命,牺牲人所有的一切宝贵东西,是因为他们在保卫崇高的理想——这些理想是历史规定让无产阶级来实现的。无产阶级跟群众一起为了实现这些理想进行斗争,而《真理报》就是那种机关报,它二十五年来始终在教育无产阶级,并且团结和组织它。如果有一个像莎士比亚那样的艺术家,他准会用无比鲜艳的色彩来表现这部斗争史。在这部斗争史里有着极丰富的理想事物,千万人为了崇高的理想而牺牲在斗争中。试问还有什么比俄国无产阶级的这场斗争更崇高、更正义、更富有思想内容的呢!?《真理报》在领导这场斗争中是起着重大作用的……但我绝不怀疑,不久的将来将出现一个极伟大的艺术家,他将根据这个无上崇高的材料,创造一部非常优秀的戏剧,它的思想内容将大大超过世界上最伟大的艺术家的最伟大作品。

(摘自在给《真理报》和莫斯科艺术剧场工作人员授奖典礼上的演说,1937年)

我们的社会主义革命,在历史上第一次为最进步的阶级——无产阶级的利益进行斗争,同时也就是为全体劳动人类的利益斗争。我衷心劝告共青团员们,我国的青年们,读一读高尔基的《海燕》。在那篇作品里出色地传达了旧俄前进分子的革命志向。

(摘自在德聂泊罗彼得罗夫斯克共青团积极分子会议上的演说,1934年)

1900和1901两年,是革命运动在俄国全国更进一步发展的年份。社会上感觉得到有一种倾向斗争的力量。高尔基的《海燕》仿佛总结了跟专制制度和它的秩序进行斗争的情绪和愿望。

(《庆祝斯大林同志六十诞辰》,1939年)

马克西姆·高尔基根据多年来观察小市民生活的结果,写出"父"与"子"敌对的粗野场面。"当时青年人只要一开始严肃地注意生活问题,并且对黑暗沉重的生活方式流露自然的批判愿望,那么,在'批判地想事情的人'的周围,就会产生父亲们敌意的警惕的气氛,并且会发生'叛变古风'的怀疑,然后就是用拳头、棍子、缰绳、藤条来'开导真理'。

这种开导的结果,常常使人回复'原始状态',也就是说,父亲们把他变成'类似自己的'小市民。要是一个青年批评家表现得很倔强,那么,他就会被家庭驱逐出去,这样,他就很难找到一个地方和时间,来更进一步发展对现实的批判态度,而当时他又没有一个像现在的工人阶级那样的保护人。"

"……波米亚洛夫斯基①在神学校里念书的时候,受了将近四百次的鞭笞。列维托夫②在全班同学面前被鞭挞;他讲给卡罗宁③听,他'被打得灵魂出窍',他活着'好像是用别人的受伤的灵魂'。库谢夫斯基写了一件关于一个文学家的事:那个文学家被他父亲放到首都去'缴租',就像地主释放农奴一样,如果儿子不寄钱给他,他就把他叫回到乡下,并且在那里鞭挞他。库谢夫斯基本人在涅瓦河上当搬运员,失足落水,着了凉,他在医院里用病人口粮费买了些蜡烛头,在夜里写了一部长篇小说《尼古拉·聂戈烈夫》,又名《一个安乐的俄罗斯人》,后来他喝得烂醉而死,没有活满三十岁。"④

……从19世纪90年代起,革命运动不论在首都或外省,都大大地加强了。当时工人们开始愈益广泛地从经济斗争,转为政治性的同业罢工和群众性的示威游行……

……在那几年里,监狱和流放地不但充满工人,而且充满农民和学生。不过,任何残酷的手段都不能阻止日益增长的革命暴风雨。工人运动登上政治斗争的广大舞台,席卷和吸引了大量的群众,正像高尔基

---

① 波米亚洛夫斯基(1835—1863),俄国作家,靠拢革命民主主义者的阵营。
② 列维托夫(1835—1877),俄国作家,民主主义者。
③ 卡罗宁(1853—1892),俄国作家,曾参加民粹运动。
④ 高尔基的《论青年和儿童》。

在他的《海燕》里所出色地表现的那样。青年积极参加斗争,学习革命工作,好像在排演1905年的武装斗争。

(《共青团的光荣道路》,1938年)

……在资本主义国家里,可以洋洋大观地写出关于劳动权的法律和政治宣言,但它们总是没有丝毫实际意义的,它们永远是一纸空文,因为,事实上,在资本主义制度下,人是不可能从事有益的劳动的,因此也就没有实现的办法。饱人和饿人在最理想的法律下还是不平等的。

在我们苏维埃社会里,这可不是没有内容的宣言,这可不是空头的法律,而是真正的现实,不可推翻的事实,它的表现就是立法的形式,宪法的形式。正因为这个缘故,高尔基说,"在我国青年面前没有工作问题,他们的面前只有选择职业的问题。"

(《共青团的光荣道路》,1938年)

我怀着非常快乐的心情,执行联共(布)中央委员会、苏联中央执行委员会和人民委员会的委托,向马克西姆·高尔基致最热烈的敬礼。我不想列举高尔基为了增进劳动人民的利益,在自己四十年的文学、社会和政治活动中,做了些什么事情。他做了很多,而且做得很好。我们热烈地希望,高尔基的这种活动还要继续很多很多年。马克西姆·高尔基万岁!

(摘自在庆祝高尔基从事文学工作四十年纪念晚会上的演说,1932年)

亲爱的阿历克赛·马克西莫维奇!

在你从事光荣的文学活动和革命斗争四十周年的日子,我们向你致以热烈友好的布尔什维克敬礼。祝你再长久地鼓舞千百万群众为共产主义的彻底凯旋而斗争。

(《向高尔基致敬》,1932年)

苏维埃共和国不久之前庆祝了常胜红军的建军五周年。红军胜利的保证,不是比敌人差多的技术和物质力量,而是战士们无比的英雄气概、他们的革命觉悟和对革命的无限忠诚。

红军超过敌人的地方,是他们认识到自己事业的正义性,也就是劳动者事业的正义性——这一点,在敌军方面是不可能有的,在那里兵士被强迫为跟他们无关的资本家的利益而战斗。

那些以革命意识来武装红军战士的人,那些鼓舞红军战士去建立艰巨而光荣的功绩的人,他们的功劳是伟大的。作为一个伟大革命的诗人,您的功劳尤其显著卓越,您的功劳受到共和国工农群众的重视,特别受到参加过国内战争的人们的重视。您的作品,简单通俗,人人能懂,因此也就格外有力,它们在劳动者的心中燃起革命之火,并且在斗争的最艰苦时刻,巩固他们的勇气。

起义的无产阶级的苦难、斗争、功劳和成就,获得了您这样一名可敬的歌手。诗歌也许是历史上第一次,通过您把自己的命运,跟正在争取解放的人们的命运联系在一起,并且从为少数特权阶级创作转变成为群众创作。

您的创作随着革命无产阶级力量的增长和意志的锻炼,更加长大和巩固了。

全俄中央执行委员会主席团指出,您在十月革命胜利前无产阶级积聚力量的艰苦时期,以及在跟俄国的与世界的反革命分子进行空前困难斗争的五年中,在文艺方面建立了特殊功劳,希望在以后更加发展的斗争中,无可避免的考验将使您在革命诗人的光荣战斗岗位上,更充分发扬您那为人民服务的创作。

全俄中央执行委员会主席团,执行自己对苏俄全体劳动者的职责,奖给您"红旗"勋章。

(《给杰米扬·别德纳依的信》,1923年)

有时在青年人中会听到这样的谈话:在旧文学里找得到可以作为生活榜样的英雄人物,但在现代文学里却没有或者几乎没有这样的英雄人物。照我看来,同志们,这是犯了两重错误。

第一,在旧文学里很少可以作为榜样的英雄人物。因为那里大半总是些"多余的人物"。

第二,在现代文学里,也就是说在苏联文学里,已经有不少足以模仿的英雄人物。就拿奥斯特洛夫斯基的《钢铁是怎样炼成的》、革拉特珂夫的《动力》和其他许多文艺作品来说,那里就有杰出的人物。

(摘自在列宁军事政治学院的演说,1940年)

我们这儿存在着一种偏见,认为美国的民主是最自由的民主之一。6月15日《真理报》所发表的伊里夫和彼得罗夫合写的小品文,鲜明地揭露了美国民主的本质。

我们只要举一件事就够了:在美国有250万到300万黑人被剥夺选举权,而且不是随便地被剥夺,而是以美国的"高度文化"作根据的。还有文盲也被剥夺选举权。许多天真的人想,美国的文化水平真高,它迫使居民读书识字,以便获得平等的权利。不过,我们大家都很明白,那些亿万富翁和立法者把达尔文学说驱逐出学校,他们根本不想提高本国人民的文化。问题很清楚——他们不要黑人参加选举,而黑人大都是不识字的。

表面上一切都很堂皇,而实质上却是他们在剥夺最可怜、最受压迫的人的选举权。

(《斯大林宪法草案》,1936 年)

建立在奴役制度和人压迫人基础上的社会,把劳动变成日常的苦役,把一种很高尚的事变成难以忍受的、没有意义的例行公事,同时又把那些从事像纹章学之类愚蠢工作的人们的活动,变成高贵的事业。

有益的劳动恢复了自己的权利,现在我们应该使劳动充满诗意,变得高尚,并且在其中输入创作思想,因为创作思想会给在工厂和从事繁重的农业工作的人们——创造者和诗人,带来精神上的满足。

(《为新的乡村而奋斗》,1926 年)

做一个创造者是什么意思呢?手艺匠和创造者有什么差别呢?那种差别犹如艺术家和普通画匠的差别。你们拿些符拉第米尔或苏士达尔①画匠所画的圣像来看看。它们都是彼此相同的,你们在圣像上看不到一张活人的脸……而创造者呢,那就不同了。他做一件最普通的事,哪怕是打草鞋,他也把自己的感情贯注进去。手艺匠可以成为极伟大的艺术家,如果他把感情贯注到事业上去。艺术家也可以成为手艺匠,如果他光是涂抹而没有把感情贯注进去。所以,马克思主义不贯注

---

① 符拉第米尔和苏士达尔是莫斯科附近的两个城市,以出圣像著名。

感情,不创造,不经常生动地考虑所发生的一切事情,就是冒牌的马克思主义。

(摘自在斯维尔德洛夫共产主义大学学生毕业典礼上的演说,1926年)

假如一个创造者知道,他的工作将跟他一起死亡,那么天才的创造将成为一片空白。

我们假设一个极有天才的人在从事创造;如果他知道他的工作不会受到群众的响应,那么这个创造过程就会两样。我们所从事的工作,如果脱离了社会主义的鼓舞,就会变成一种单纯机械的、枯燥乏味的工作。在苏联社会主义建设的条件下,每一件工作,无论它表面上怎样简单,都是受着目的性的鼓舞的;我们感到满足的是,我们所做的任何一份小小的工作,都是社会主义建设的一部分。

(摘自在全俄中央执行委员会常会开幕典礼上的演说,1926年)

……发扬对劳动者的尊敬,是你们的一项重要任务……在这个时期里,在我们这儿我还没有看到过一部歌颂体力劳动的剧本。在过去的十年间,我没有读到一首优美的诗篇,其中充满劳动的热情,使体力劳动富有诗意。我认为共青团在这方面做得很少,它在推进无产阶级精神的共青团员道德上,起的作用太弱了,而尊敬体力劳动正是无产阶级道德最重要的原则之一。

(摘自在共青团建团十周年庆祝会上的演说,1928年)

戏剧应该跟人民一起前进,它应该反映生活中所发生的那些过程。

在这方面戏剧无疑是落后了。这儿,过失不仅限于戏剧。作曲家、音乐家、剧场艺术家、作家等都是有过失的。

但我觉得今年苏联的戏剧有了很大的进步。我不来评判剧本的质量,那是戏剧批评家的事。但某些剧本演出达八十场,并且能感动观众,那就是质量优秀的指标。这表示戏剧在开始进入生活。剧场艺术开始获得了群众。这应该被认为是复兴我国戏剧路上的第一步。

现在苏维埃共和国恐怕是艺术家进行观察和创造的最好实验所。一方面,我国有着旧的资产阶级社会的残余,另一方面,有知识分子的重大改变;此外,我国还有着大量向建设迈进的群众。不论在哪一个国家里都不能像在我国那样看到极广泛的景象。我们没有足够的适当的剧本,一部分原因在于由我国旧的文艺教育出来的艺术家,还不能掌握新环境……

最近的戏剧季显示,在苏维埃制度下,艺术的作用增长了。在革命以前,不论什么戏如能演满一百场,就是戏剧界的真正盛事了。我们现在像《柳波夫·雅罗娃亚》①那样的剧本,一季就演了八十二场。这一切说明戏剧进入了一个新的阶段。在现代的剧本里我们至少可以看到现代生活的一些断片。这种剧本就是有价值的,因为它们是新的,并且多少反映了近年来的事件。必须记得,最近的十年至少抵得上平时的五十年……

(摘自在全苏艺术工作者代表大会上的讲话,1927年)

在我们苏维埃国家里,戏剧是教育群众的一个强大因素,戏剧是教

---

① 苏联戏剧家特烈乌夫的剧本。

育群众工作、灌输群众文化工作的一个重大组成部分。正因为这个缘故,政府和党那么深刻关心戏剧。

……聂米洛维奇-丹钦柯说得对,戏剧等待着伟大的戏剧家,伟大的作品。但你们是一支伟大的文化力量,你们应该推动这项事业。我并不怀疑,年纪不太老的人是等得到伟大的文艺作品的出现的。

今天我庆贺你们获得崇高的奖赏,我跟你们一起对明天是抱着无限乐观的心情的。你们虽然在从事重大的文化工作,不过,这到底还是在旧文化的基础上达到的。我并不是因此要责骂旧文化,我自己也是一个旧派的人。但是我们刚在进入社会主义。应当设想,在不久的未来将出现我们的戏剧家,他们会创造漂亮的戏剧作品和歌剧作品,在其中表现工人阶级和知识界优秀代表的崇高思想。到了那时,我们的戏剧力量才能真正发挥,到了那时,我们的戏剧自然将十倍地人民化,我们的戏剧将大大地超过古典戏剧和表演,那些古典戏剧从前曾经受到全民的欣赏,好像在希腊那样。

(摘自在《真理报》和莫斯科艺术剧场工作人员授奖典礼上的演说,1937年)

大剧场比起其余的剧场来几乎是最后得奖的一个,在时间上说来最后,那不是偶然的。因为大剧场是一个沉重的庞然大物。它的成功将影响苏联的整个音乐界。这个团体的日常的小的成功,比较不容易被人注意,因为它本身的规模太大了,观众对它的要求太大了,它本身所处的地位太高了。你们明白,如果一位大作家发表自己的作品,那么,人家对它的要求,和对一个不很著名的青年作家作品的要求,就完全不同。这里也是如此:观众对大剧场的要求,要比对其他所有歌剧场的要求高得多。

……我们有没有创作歌剧的材料和主题呢？我们的现代生活有没有可能写出巨幅的音乐和戏剧图画来呢？我认为，我们的现代生活和我们不久以前的往事有可能写出成千幅图画来，而且这些图画在戏剧性上决不输于资本主义国家历史往事的图画。只要有人能把这些戏剧性很强的图画用音乐整理出来就行了。

（摘自在苏联大剧场工作人员授奖典礼上的演说，1937年）

我介绍你们去阅读《芬兰的战斗》那本书。这是一部篇幅很大的书，分上下两卷。我曾经问我的一个朋友，是不是要把这本书介绍给你们，他说不必了，因为这部书太大了，反正是看不完的。他是一位教授，也多少知道一些你们的情形。他还提出了另外几本有关芬兰战役的书来代替它，因为它们的篇幅要少得多。但我还是决定向你们推荐这部两大卷的书。我想你们把它拿来读，一定会读到底的，因为它实在有趣，而且读了有好处。

这部书有趣的地方在哪儿呢？它并不综述这次的战争，但其中却贯串着这样的思想：现代战争要求丰富的军事知识，精通最新的战术，极度紧张起体力，它要求人们花费极大的劳动，要求异常的刻苦耐劳，绝顶的灵活机警，并且善于在最复杂的战斗环境中确定行动的方针。现在没有这些条件是不能作战的。

（摘自在莫斯科市列宁区中学生大会上的演说，1941年4月）

这本集子是一部简朴的著作，其中所收集的关于人们英勇战斗和矢忠祖国的事实，离开完备的地步还很远。这些人充分理解自己行动的正义性，体验过各种难以想象的苦难，在牺牲的时候，深信法西斯主义一定会被击溃，慷慨激昂地高呼："我们为祖国而死，为人民幸福而死！"

我希望，读者不要把这本书当作一部完整的文艺作品，而要把它看作一部关于在卫国战争前线我国共青团员完成战斗奇迹的朴素的同志的记录。当我们的人像勇士那样死去时，他的战友们就亲手在英雄们的坟墓上树立朴素的纪念碑。这些纪念碑很简单，上面的碑文也很简单。然而，未必有一个艺术家在自己的作品里倾注的爱心，能超过战士们倾注在亲手建造的英勇牺牲的同伴坟墓上的爱心。人们将爱护这些纪念碑。他们将怀着爱心珍惜这些纪念碑，好像纪念自己的英雄那样。青年人将会来到这儿，这儿将荡漾自由的苏联人民和青年、共青团员的胜利歌声。

这本集子的作者们，在这紧张的时刻，暂时只能给我们的英雄们树立一些简单的、还没有经过艺术加工的纪念碑。他们目前不能作些别的，因为他们是战士，他们还得跟我们解放祖国的部队一起前进。他们跟我国所有的战士一起，都正确地认为敌人尸体的金字塔，就是献给我国男女英雄的最好纪念碑。

对我们说来，舒拉·契卡林、丽莎·蔡金娜、卓娅·柯斯莫杰米扬斯卡雅——她在游击队里叫丹孃——不仅是英雄，他们是一切活着的母亲的儿女，是一切活着的兄弟姊妹的同胞。共青团员个个都知道他们，他们是我们的亲人，他们在最酷烈的斗争中的英勇牺牲，引起我们对敌人复仇的渴望。

我希望这本集子将广泛流传在群众之间，特别是青年和男女共青团员之间。通过本书所描写的活生生的形象，读者可以看到新的、苏联人的面貌；他们可以看到，在我们的共青团里有着极多优秀的团员，他们把苏联人民的幸福和我们党的理想看得高于一切。

为了人民的幸福，为了列宁-斯大林党，我国青年和共青团员一点一滴地献出了自己的鲜血。这样，谁又能怀疑敌人将受到应得的惩罚，我们将取得战争的胜利呢？

《卫国战争中的共青团》一书的意义就是如此。

（摘自为《卫国战争中的共青团》一书所写的序，1942年）

斯大林的声音就是人民的声音，这一层，陀夫任柯在老人萨夫卡和普拉东跟几个军人的谈话里捉摸和表现得非常出色。这两位老人在1941年秋天我军从乌克兰撤退时把几个军人渡送过德斯那河。（见短篇小说《战斗前夜》）

"你想一想吧，萨夫卡，斯大林对这一切是怎样看法的。要知道他对他们所抱的希望，就像我对我的列夫科所抱的那样，可是他们却嚷着说：老人家，渡一渡吧！"普拉东说。——"您可听到斯大林同志的演说吗？"特罗扬达问道。——"不，没听到，"普拉东含糊地回答，接着叹了一口气。——"嗳，普拉东，你想想，斯大林教育他们有多少年了。可是他们还要逃跑。现在他说道：你们在干什么呀，站住，别跑！你们越跑得远，流的血就越多。而且流的不只是你们兵士的血，还有母亲的血，孩子的血。说得多好！"萨夫卡说。——"斯大林同志没有那么说过，"特罗扬达带着教训的口吻说。——"没有说过，将来会说的，"萨夫卡说。"斯大林，他说的是什么？他说的就是人民所想的，这就是他说的……"

不错,这些乌克兰老人并没有读到斯大林的演讲,但他们却比他们的对话者更清楚更正确地了解他。而斯大林同志正是说出了老人们的意思;斯大林同志正是叫大家像这些老人们那样去行动,这些老人们为了使德国强盗同归于尽,不惜牺牲自己的生命。

(《斯大林同志论卫国战争》,1942年)

我认为吉洪诺夫和西蒙诺夫的文章,是很好的战地通讯;在军事刊物里找得到鼓动员用的材料。你们老想到莫斯科来,希望在这儿获得鼓动方面的帮助和指示。但做这种指示很困难,试问鼓动的形式该怎样来表达和指明呢?每个人都有自己的一套做法。我认为可以学习鼓动和宣传的主要源泉,就是报刊。我不谈那些规定宣传内容和一般政治路线、分析当前各种问题的正式论文,我只指出一些在我们的报刊里出现的新的形式。

我不知道你们有没有读过西蒙诺夫最近的一篇文章《日日夜夜》[①]。我应该说,这篇文章写得很好。总的说来,他写的文章都能表达真实的战斗场面。最近的这篇文章布局很匀称,内容很充实。表面上看来,这好像是一篇枯燥的纪事录,实质上却是一件令人难忘的艺术品。

老实说,西蒙诺夫是描写斯大林格勒工人,尤其是拖拉机厂工人斗争的第一人,但这是具有重大的社会意义和政治意义的。现在我要引几段他的原文:

---

① 指首先发表在《红星报》上的通讯。

城里现在简直没有居民了,那里留下的只是保卫城市的人们。不论工厂里搬走了多少台机器,车间到底还是车间,而那些把生命中最好的时光献给了工厂的老工人们,在保卫这些车间直到人力所能为的最后一刻,虽然车间里的玻璃窗都打破了,刚被熄灭的火灾也还在冒烟。

"我们还有些事情没有在这里记上,"厂长向布告板点着头说。他开始讲述几天前德国人的坦克怎样突破一处防线,向工厂猛进。这个消息传到了厂里。必须马上帮助战士们,在天黑之前堵上这个破口。厂长把修理车间主任叫了来。他下令尽速修好那几辆快要完工的坦克。那些有本领亲手修好坦克的人,也有本领在这紧急关头坐上坦克成为坦克手。

工人和收货员的义勇军,马上在工厂的广场上编成了几个坦克驾驶队。他们坐上坦克,在广场上隆隆地响着,一直开出厂门前去作战。他们首先挡住了冲到小溪石桥附近的德军。他们和德军之间隔着一片大谷地,坦克要通过这片谷地必须打桥上过。就在这座桥上,工厂的坦克手跟德军的坦克队相遇了。

一场激烈的炮火的决战展开了。那时,德军自动枪手已在开始涉过谷地。工厂就派出自己的步兵去对抗德国步兵,于是在坦克之后谷地上就出现了两队义勇军。一队由民警局长柯斯久庆科和机械专科的系主任巴辛柯指挥,另一队由工具车间工长波波夫和炼钢老工人克里符林统率。战斗就在谷地的陡坡上展开了,并且不时转变成为肉搏战。在这场战斗中牺牲了厂里的几位老工人:康德拉基耶夫、伊凡诺夫、伏洛丁、西蒙诺夫、莫莫托夫、福明、等等,他们的名字现在在厂里常常被人家提到。

当天工厂区的周围都改了样子。通向谷地的街道上都出现了障碍物——锅炉铁、钢板、破坦克,都被拿来使用。像在国内战争时期那样,妻子给丈夫送子弹,姑娘们从车间一直走到最前线,她们给伤员包扎后,又把他们抬到后方。那天牺牲了很多人,但工人义勇军和战士们却以这样的代价阻挡德军到黑夜,直到新的部队开到突破处为止。

这幅描写保卫斯大林格勒之战的真实图画,难道写得不好吗?

工厂里的院子空洞洞的。风在打碎的玻璃窗里呼啸。当迫击炮弹在附近爆炸时,碎玻璃纷纷落到柏油地上。但工厂在搏斗着,就像整个城市一般。如果说,炸弹、迫击炮弹、子弹和一切危险也可以习惯的话,那么,这里的人们对这些都已经习惯了。而且比在任何别的地方更容易习惯。

西蒙诺夫同志在这篇文章里表现了人们的苦难。下面就是其中的一段插话,描写德聂泊罗彼得罗夫斯克的一个看护姑娘护送伤员渡过伏尔加河的情形。

在渡船边上,我的身旁,坐着一名看护兵。她是个乌克兰姑娘,姓萧本尼雅,名字很出色,叫维多利亚。她摆渡到斯大林格勒去已经有四五次了……

渡船快要靠拢斯大林格勒的岸边了。

"每次上岸总稍微有些害怕,"维多利亚忽然说,"我受过两次伤,一次伤得很重,但我始终不相信我会死去,因为我根本还没有开始生活,根本还没有看到生活。我怎能忽然死去呢?"

在这刹那间她那对大眼睛显得很忧郁。我了解她说的是真话:一个20岁的姑娘已经受过两次伤,作战了15个月,而且五次渡河到斯大林格勒,这实在是很可怕的。前面还有那么多的东西——全部的生活,全部的恋爱,也许还有第一次的亲吻——谁晓得!而此刻却是黑夜、密集的炮声、燃烧中的城市,还有一个20岁的姑娘第五次摆渡到那儿去。虽然可怕,但还是要去。再过15分钟,她将穿过火烧的房屋,走到城郊的一条街上,在废墟中,在枪林弹雨下收集伤员,并且把他们抬回去,要是她把伤员送过江去,那么她将第六次再到这儿来。

作家原可以描写一个不知恐惧、不知犹豫的勇敢姑娘,像我们通常所写的那样,但他却写出了人的感情,人的体验。这一段的描写就是鼓动员和宣传员的出色材料。

值得指出的是作家在这篇文章里提出了光荣和英雄主义的问题。我提出这点来,是要跟其他通讯员处理这个问题的方法作比较。

西蒙诺夫写道:

是的,这儿(斯大林格勒)的生活很困难,甚至可以说:在这儿不做事是无法活下去的。但是,活着打仗,活着杀德国人——像这样生活在这儿是可以的,在这儿必须这样生活,而我们就将这样活下去,在火、烟和血中保卫这个城市。如果说,死亡就在我们的头上,那么,光荣就在我们的身旁:光荣在房屋的废墟中,在孤儿们的号哭声中,成了我们的姊妹。

鼓动员和宣传员应该搜求生气勃勃的俄国语言和思想的种子,并且把这些种子带给人民。

其中有一段描写在保卫斯大林格勒巷战中我军的一个战士,也是很有趣味,很有教育意义的。有四个战士挡住了30辆坦克,并且用反坦克枪击毁了15辆。彼得·波洛多是其中的一个,他回忆起击毁敌人15辆坦克的那次战斗……忽然微笑着说:

"当第一辆坦克向我冲来时,我就想——完蛋了。可是等坦克再开近一点,就烧了起来,结果完蛋的不是我,而是它。不仅如此,我在这次战斗中还卷了五根纸烟,而且都抽光了。嗯,也许没有全抽光——我不撒谎——但实在是卷了五根。在打仗时只要有工夫,你可以推开枪,抽一阵烟。在打仗时抽烟是可以的,但却不能放空枪。只要你放了一次空枪,你就从此抽不成烟了——就是那么一回事……"

彼得·波洛多微笑了。他那明朗宁静的笑容,表示他相信对自己兵士生活的看法是正确的——在这种生活里有时也可以休息,也可以抽一支烟,但决不能放一次空枪。

这里有没有材料可以给宣传员和鼓动员利用呢?我认为材料很丰富。只要把它读一遍,想一想,然后好好地传达给听众。当然啰,通讯员不是常常能够写出好文章来的;像《吉烈克河畔》一类的通讯恐怕还是占多数。在我们的报纸里常常出现下面那样的文章：

> 傍晚，战斗停止了，几百具德军尸体留在原野上，德军的坦克快要烧完，德军的野战炮向后方撤退，那时大家都知道……拉哈尔斯基上士把机枪很好地掩蔽起来，向进攻的德军纵队猛烈扫射，消灭敌军五十人。拉哈尔斯基上士真光荣，真荣耀！
>
> 大家都知道，杜波特青科中士冒着生命的危险，从法西斯手里抢救了四名负伤的战士，并且把他们从战场上背回来。杜波特青科中士真光荣，真荣耀！
>
> 大家都知道，红军兵士齐英科在肉搏战中杀死德军六名。红军兵士齐英科真光荣，真荣耀！

你们可以看到，上面就是一种完全不同的写法。但我不劝你们学习这种写法。那篇文章的作者好像一个挥霍成性的富翁，随意分赠荣耀和光荣，好像分赠小糖饼一般（笑声）。这是不尊敬真正具有英雄气概的人，不尊敬读者。因为作者正是没有表现人物。他只是翻了翻记功簿：某某人做了什么什么，然后加上"荣耀"和"光荣"两个词。为什么要高呼"荣耀和光荣，荣耀和光荣"呢？"光荣"两个字是不能滥用的。一个红军战士用步枪、机枪射击，他打退德军的进攻并把他们消灭，这是他的本分，在战斗中个个战士都是那么做的。

苏联新闻处是政府机关，它表扬某些战斗员和指挥员的英勇行为，但并不像我们有些通讯员那样随便分赠荣耀和光荣。我想，这些人不重视俄文的正确字义。他们不了解，光荣不能分赠，而是应该争取的。斯大林格勒是一个具有历史性战斗传统的大城市，它在残酷的斗争中扼阻敌军已经有两个月了,使敌军遭到极大的损失,并因此在实际上稳定了其他的战场。这里天天都有英勇的事件发生。要描写这些必须根据事实,而不需要浮夸的辞藻和动听的话句。我们的战士们不需要新闻记者的夸奖,——对他们说来,真实地描写他们的行为就是最好的赞扬。

爱伦堡的文章在我们的鼓动文学中占有一个特殊的地位。我认为可以多多向他学习,他的许多作品可以用作鼓动资料。

爱伦堡的文章应该怎样看待呢?爱伦堡是在跟德国人进行肉搏战,他对敌人左右开弓。这是一种猛烈的进攻,他手里拿到什么,就用什么去打击德国人:他用步枪射击,子弹用完了,他就用枪托打去,他打敌人的脑袋,遇到什么就打什么。而作者的主要战功也就在此。

宣传员和鼓动员可以从他的文章里取得好的材料吗?当然可以的。不过,不能光拿他的一篇文章,而应该选出三五件事实来,经过一番考虑,在一定的条件下适当地加以利用。不能光是模仿说过的话,任何材料都应该用自己的头脑细细想过。

你们都看到,我们报刊里的材料毕竟是有的。特别是《红星报》有很多不坏的战事文章,那些文章是完全可以利用的。那些文章写得很好,是鼓动员和宣传员的不坏材料,对共青团员尤其有用。

……以上我说的一切都是军事方面的宣传。至于我们后方的鼓动和宣传情形怎样呢?

在发表西蒙诺夫那篇文章的同一期《红星报》上,还登载了科·芬的一篇文章:《伊凡诺伏城的妇女》。我应当说,目前我们都染上了跟战争有关的思想和心情,我们并不常常阅读描写后方生活和工作的文章。那篇文章写得很好。当然,它也像我们整个生活那样,把后方和前线联系起来。作者写到他怎样在小公园里遇到一个 30 岁左右的女人,她讲给他听她所遭到的痛苦,以及她怎样接受和忍受痛苦。

"我昨天接到了一个通知。我的丈夫在前线牺牲了。信是晚上到的。我刚下班……"

她跟丈夫相亲相爱地生活了十二年。他们没有孩子。

"他是我的丈夫,但又像是我的儿子。我不知怎的特别爱他。您真不知道,他这人多么……"

她无法把下面的那个"好"字说出来。她避免这个字,害怕这个字,同时也害怕谈到那个好像还活着的丈夫。她心慌意乱,断断续续,仿佛在叫喊,但却不带一滴眼泪地讲着她怎样接到了信,昏厥过去,当她醒来时,就一口气跑出了家门。上哪儿去呢?她不知道。她在伊凡诺伏的黑暗的街上走着,在她出生的那座城市里走着。她认识那里的每块石头,每座房屋。天色已经黑了,但她却找到了从前跟丈夫一起到过的所有地方,回想着他当时对她说过的话,或者在那条社会主义街的转角处,或者在城市戏院附近小公园的长凳上。刹那间她觉得什么事也没有发生,根本没有什么战争,她的华夏还活着,他仍旧跟她在一起。但接着悲痛又来了。

"今天我还是去上工。我管一架粗纺机。我原来怕不能去上工,怕力气不够。我跟自己进行斗争。我说服自己:'去工作吧,马露霞。为了他而去,为了他,为了华夏。他会赞成的。'今天我工作过了,我觉得他,我的爱人,就站在我的旁边。朋友们望着我,不表示什么,但她们背着我悄悄地哭着。现在我下工了。您想象一下吧:我真怕经过从前我跟华夏一起走过的那些地方。"

我们还可以看看作者的另一篇小说,那是写炮兵们怎样跟伊凡诺伏的女共青团员建立了联系:

> 杜霞·列别捷娃跟其他几个女工一起上前线去,她们给战斗员和指挥员送去礼物。她被派到一个炮兵连里去。
> "那边都是些年轻的好小子。很活泼。仗打得可漂亮!当我在那边的时候,他们打烂了德军的一所战地厨房,同时还消灭了十二个德国鬼子。他们对我说:'杜霞,这就是我们欢迎您的一件大礼物。'而最使我吃惊的,就是他们的干净。他们的炮筒直像用舌头舔过一样。总之,在炮兵连里有一种非常整洁的感觉。"
> 这时杜霞就想,应该跟炮兵们建立更密切的关系,应该使自己组里的姑娘跟他们发生真正的友谊。但杜霞当时怕羞,没有向炮兵们说出来。直到回到伊凡诺伏,跟自己组里的姑娘们商量了一下,她才打定主意,写了一封信给炮兵战士们,并且在信里提出竞赛:"你们打德国鬼子,我们将超额完成计划。"

写得真实,也就是写得好,这话是不错的;不过你们也要善于利用材料。这些对于鼓动员说来都是宝贵的材料。

还有,例如作者描写这些姑娘怎样跟没有接到家信的炮兵战士们建立通讯关系。鼓动员就不应该忽视这个在战争环境中很重要的事实。

> 有一次,新任的炮兵连军委马尔采夫同志写了一封信给姑娘

们。他在信末写道:"对了,还有一个要求(秘密的)。我们连里有几个很好的青年战士,他们由于某种原因,好久没有收到家信了,这原因你们自己一定也想象得出的。他们相当苦闷,特别是当邮件送来而没有他们的信的时候。这实在是很难受的。我请求您,杜霞,把这件事考虑一下,然后寄给我你们那里姑娘的几个地址,哪怕只有三四个也行。这样,我就可以把这些地址交给我的战士们,减除他们等待家书的痛苦。请您不要认为这是一种鲁莽行为,而把它看作一个为了共同事业提出的要求。至于通讯的方式,以后让战士们自己去决定吧。"

杜霞寄去了几个地址。通讯就开始了。现在,当邮件送到"我们的炮兵连"来的时候,不仅那些有亲人的人收到信,而且那些老家和故乡都被可恶的敌人糟蹋光的人也有信收到。

大概,"我们的炮兵连"的战士们在空闲的时候常常谈到遥远的伊凡诺伏的姑娘们,并且把她们称为"我们的姑娘们"。

后来作者还描写了伊凡诺伏女工生活的一些断片。他很具体很真实地描写她们的生活和工作,使人觉得这是一段真实的生活。一点没有做作,一点没有夸大。对宣传员,尤其是对鼓动员,这是一篇有益的文章。你们把我看作一个经验丰富的鼓动员,但我自己却没有这种看法(笑声),因为我能给你们的还不如这几篇文章,如果你们能认真研究和考虑这些文章的话。

这一类文章和在我们报刊里出现的一切新东西,照我看来,都是很宝贵的,也是创造今天最有效的鼓动形式的新东西。这些材料大都发表在军事报刊里。看来,军事报刊最接近那些跟前线有关系的体验。

同志们，这就是我要对你们说的话。

我们今天的谈话该怎样来总结呢？我想是那样的：我们报刊供给的材料是很充足的，只要善于利用这些材料就行了。我们有的是有才能的作家。我只谈到最近所发表的几篇文章。我没有谈到考涅楚克的剧本《前线》；这个剧本具有重大的意义，它使人理解很多问题，提出一些值得深思的材料。我们现在所处的是一个峻严的时代。人们，我已经说过，正在从事一项艰巨的工作，这工作消耗着他们所有的力量。同时，人们的生活条件，生活水平却降低了。英勇、刚毅和坚定的事迹在我国人民中实在太多了，因此根本不需要矫揉造作，大吹大擂；只要从人民生活和军队中汲取材料，充分认识到人民的苦难，清楚理解打击敌人的必要，然后怀着这样的感情去讲话就行了。如果你们能利用这样的材料去向人民讲话，我敢保证，这种鼓动方法将发生最大的影响，收到最好的效果。

（摘自在共产主义青年团省委宣传书记会议上的演说，1942年）

毫无疑问，在直接的战争环境里，人们的成长要快得多，就连最保守的人也会变成严厉的复仇者。《红星报》今年2月8日登载了格罗斯曼的一篇短篇小说《老人》，在那篇小说里作者出色地描写了人民的英雄气概和复仇精神。

"你这个人很厉害，"谢妙·米海伊奇对那个参加游击队的集体农庄主席说，"但我们家里可没有一个人流过血。母亲连杀鸡都害怕，要邻居帮忙。"

"你要知道，老爹，"集体农庄主席回答说，"对德国人是不能太客气的,你应该向人民负责。"

希特勒匪徒在村子里的暴行,造成了下面的结局:一个德国自动枪兵开枪射击一个受伤的红军兵士和正要救护他的女人。

谢妙·米海伊奇记不清他手里的那条粗棍子是哪里来的。有生以来他没有体验过这样的感情。沸腾澎湃的怒气,扫荡最近几个月来极度委屈的怒气,为自己、为别人、为千万老人、孩子、姑娘和妇女而生的怒气,为那被敌人凌辱的土地而生的怒气,一下子像火焰似的控制了他。他高举那条棍子,向德国人扑去。个子高大、须发如雪的尊贵的养蜂老人,好像伟大的卫国战争的活化身,扑了过去。

"站住!"德国人叫了一声,举起自动枪来。可是老人用足力气一棍子向他打了下去。

战争的规律在德军占领区里就是那样地教育着人民。这些明显的事件是很有教育意义的。如果人民没有受到敌人那种事先的清楚的教训,就不了解必须从事一切、奉献一切来取得胜利,那么,这个国家和它的前途就是很可悲的。

(《一切为了战争!一切为了胜利!》,1942年)

对法西斯匪帮的憎恨,我们认为是神圣的。可是有个美国记者,他对爱伦堡的《战争》,总的说来作了好评,但同时却指摘说,这本书因为充满对德国人的憎恨而大为减色。他这种意见不是偶然的。在美国,也像在西欧那样,许多人都避免激烈的措辞,对反法西斯主义的斗争缺少热情。他们似乎认为,温情比较行得通,而憎恨总是违反人类的崇高感情的。这自然是完全不符合现实的。

外国的批评家也公正地认为俄国文学是伟大的,是最人道主义的。例如,波兰的文艺学家亚历山大·勃柳克纳在他所作的那本《俄国文学史》里写道:

> 俄国文学是世界上最年轻的文学……它虽然年轻,但它的创作却很丰富,很有特色,它具有崇高的道德价值,它宣传人道主义和利他主义,它尖锐而透澈地分析人的灵魂和生活现象,它真实坦白,爱好真理,并且充满民主精神。俄国文学使人尊敬它在国内所取得的那种意义,在这方面它也远超过世界上其他的文学……它成了宣传保卫善、美、自由和人道的讲坛;它成了社会良心的唯一体现者……

但是在我们的文学里,在我们最优秀的艺术家的作品里,对恶的憎恨是一个鲜明的特点,是一种极高尚的感情,也是对付人类公敌的最有效手段之一。

戈尔巴托夫在《不屈的人们》那部小说里写对德国人的憎恨写得很好。老人塔拉斯认为不惩罚对人们作了如此多恶事的德军是不可思议的。他尽自己的力量向敌人复仇。当德军从城里逃走时,他就沿着街道跑去,用手杖敲着每家的百叶窗,高声叫道:

"喂,大家快出来!喂,德国人跑了!我们不让他们跑!喂,男人们,快出来!"

他的周围已经聚集了很多人。

"让他们跑吧!"人群中有人叫道。"我们又没有叫他们来过!让他们滚吧,谢天谢地!"

"你要干什么,塔拉斯?"

"我们不让德国人跑掉!"他叫道。"我们要杀光他们!"

"我们不杀,人家也会杀的,塔拉斯!……我们又不是军人。这不关我们的事。"

"怎么不关?"塔拉斯怒吼道。"怎么不关我们的事?那么关谁的事?德国人平安无事地跑回去——他们又会来糟蹋我们,吊死我们的孩子。我们不能让德国人跑!把他们活埋!活埋!"

他挥动手杖,跑进城里,廖恩卡挨着他跑。工人们已经从四面八方跑了来,许多人手里拿着武器,天晓得是从哪儿弄来的。

"唉,可惜没有枪!"塔拉斯一面跑,一面忧郁地叫着。"唉,可惜没有枪,廖恩卡!"……

于是他就把自己那根多节的手杖高举在头上。此刻他的样子很可怕,威风凛凛地手里拿着手杖,他没有戴帽子,白发苍苍,脸被燃烧中的城市的火光照得通红……

我已经说过,我们的道德是由人民中的优秀分子发扬和宣传的。为了这一层,我们应该感激俄国进步的知识界、俄国的文学和艺术。几百年来它们尽心尽力地跟沙皇制度的黑暗势力、剥削者的残酷和人民的无知进行斗争。俄国文学培养人们的崇高精神,促使全世界承认它的高度德性。这种德性在苏维埃时代特别发扬,并且深入民间。苏维埃社会主义制度是我国共产主义道德发展的基础。

(《论我国人民的道德面目》,1945 年)

妇女在其他国家的文学里,恐怕没有比在俄国古典文学里所占的地位更光荣的了。在我国的文学和历史上,道德高尚的妇女真是太多了!然而,过去的一切,比起目前战争的伟大史诗来,比起苏联妇女的英勇气概和牺牲精神来,却大为逊色。苏联妇女表现出做公民的勇敢,在丧失亲人时的坚忍,斗争中的热情,她们的刚强和伟烈,我敢说是历史上空前未有的。

参加游击队的女共青团员卓娅·柯斯莫杰米扬斯卡雅,达到了爱国主义和高尚道德的最高峰。她仿佛吸收了我国人民在历史发展中所培养的一切优良感情。她不仅是俄罗斯人民的女儿,而且是苏联全体人民的女儿,是列宁共产主义青年团的女儿。法西斯匪帮想用自己野蛮的暴行来侮辱苏联妇女,摧毁她们的道德。但在这方面他们一无所得。卓娅和苏联其他妇女的坚定道德,战胜了法西斯匪帮的兽性。

苏联英雄卓娅·柯斯莫杰米扬斯卡雅当然是一位杰出的姑娘。不过,她只是我国姑娘的一个典型,因为大多数苏联妇女的心里,一向潜存着准备立功的决心。在目前卫国战争时期里,我国妇女表现了无数英勇、忠忱和热爱祖国的事例。

苏联的生活把我国妇女的道德提到这样的高峰。她们在这次卫国战争中所表现的光荣事业和伟大的爱国心,一定会鼓舞著名的作家、画家和雕刻家去从事创作,而苏联女英雄的形象,将因此在艺术和文学中永垂不朽。

(《论我国人民的道德面目》,1945 年)

阿里路耶夫同志的回忆录,在我们党的历史文献中是一份很好的材料。这部回忆录,说得好听一些,所谓自传,是跟资产阶级"著名人士"的同类作品截然不同的。说句老实话:不同的地方也就是它的优点。虽然作家所写的难得超出他自身参加的那些事件的范围,但是他的全部生活、思想和体验却充满工人阶级的理想,因而这本书也就自然充满深刻的社会意义。

这部回忆录虽然写得很简单,甚至有些枯燥,但它那种记叙的体裁却很容易阅读。不过最主要的,是它用有趣的内容来吸引读者。此外,读者在研读这些回忆录时,一定会按照指出的方向去思索,努力用想象去替作者作补充,不论在所描写的事件的概括上,也不论在俄国无产阶级斗争的历史因素的艺术描写上。而这一点,我认为就是阿里路耶夫同志回忆录的重大价值之一。

举例来说,作者描写了凯茨霍维里①在梅吉赫斯克堡受到背信弃义的预先布置好的杀害。这个场面是富有戏剧性的。不过,无产阶级革命者看到沙皇暴吏对囚犯的野蛮迫害,就竭尽战士们在战斗中的一切努力,给敌人更大的打击,并以此来纪念为工人阶级的事业而在斗争中牺牲的同志。

阿里路耶夫同志的回忆录,包括党的生活和革命斗争中的许多事件,主要是在外高加索一带,特别是在梯比里斯和巴库两城。不过,在

---

① 凯茨霍维里(1876—1903),职业革命家,1894—1896年参加基辅革命马克思主义小组,1897年参加格鲁吉亚社会民主党组织,跟斯大林一起对党内的机会主义多数派进行斗争,曾被捕多次,1903年8月17日在梅吉赫斯克堡(梯弗里斯)的狱中被警察当局杀害。

这部回忆录中,并没有什么地域性的、局部性的、脱离俄国无产阶级总的解放斗争的东西。因此,列宁格勒人读它也会像梯比里斯人一样感兴趣。

……老实说,我读这部回忆录时极感兴趣,而我所得到的满意,也超过我读过的过去各种"名人"的任何回忆录。我想,它一定也会使别的读者产生深刻的印象的……

(摘自为阿里路耶夫所写的《经历》一书的序言,1946年)

人民的创作

关于伊里奇我能说些什么呢？——我只能提供他的一亿分之一，那是我们人人所有的——列宁的可贵就在于我们人人身上都有他的一部分。而现在，在今天这个纪念日里，人人都想找到自己这个理想的部分，就是"我"跟列宁联系的那部分。同志们，这当然是一项极困难的任务，因此没有一个演说家能满足听众。这里能使人满足的只有音乐或民歌。

（摘自在列宁逝世周年纪念会上的演说，1925年）

我们这里有时有人把人民艺术了解为原始艺术，他们谈到人民的时候，常常把人民两字加上引号。这是一个极荒唐的错误。毫无疑问，人民艺术是最高级、最有才能、最有天才的艺术。这种艺术是人民所铭记，是人民所保存，并且是人民世代相传的。你们要了解，没有价值的艺术是不可能在民间保存下来的。人民好比淘金者，他们所选择的，保存的，相传的，并且在几百年中加以琢磨的，只是最宝贵、最天才的东西。这次哈萨克人和乌克兰人到我们莫斯科来，带来了他们的人民创作；我们莫斯科的群众是了解他们的创作的，并且给了他们最热烈的欢迎。

十月社会主义革命给各族人民带来了巨大的成果。它使各族人民的才能和人民创作能够表现和发扬。

我深深相信,社会主义制度在最近的未来,将使我们所有的共和国,在竞赛的基础上产生各种艺术的更有才能的领导者和更出色的创作者;我深深相信,全体人民将更有成绩地创造和琢磨真正高度艺术性的天才作品。

(摘自在哈萨克和乌克兰艺术工作者授奖典礼上的演说,1936年)

我们知道,最有天赋的诗人,最有才能的作曲家能在自己的创作上成为天才,只有当他们接触到人民的创作并且从人民创作的源泉中去进行发掘的时候。否则就不会有天才的人物。就拿诗人来说。人民爱唱真正伟大的诗人的诗歌,他们爱唱的原因是这些诗歌富有音乐性。但是为什么人民是倾向于音乐性的呢?因为音乐是提高劳动生产率的重要因素之一。拿民歌来说,它们都是跟劳动有关系的。拿民间的舞蹈来说,我们大家都很推崇它,那是因为人民选取精华,用造型的方式来表演劳动过程。不论歌和舞都是人民在过去几十年,甚至几百年中所创造的,人民只把其中最宝贵的东西保留下来,不断地改进,使它们达到尽善尽美的地步。任何伟大的人物都不能在自己短短的一生中做出这样的工作来——只有人民才能做到。人民是一切宝贵东西的创造者和保存者。我们伟大的艺术家们留下了人民所爱唱的歌曲。可是整个生活和环境却把他们的创作推到另一个方向。过去的统治者摧残这样的艺术家,而我们欢迎艺术家。在我们这儿艺术家要变得伟大,他就应该到民间去;如果他的作品不能感动几万人,他就不会被人家所知道。因此,在我们的环境里,艺术跟人民的联系在大大地增长着。不能说,我们的艺术已经完全普及到了全体人民,我们的艺术创作者本身都是直接从民间来的。我们还不能那么说。但现在我们已经可以说,我们的音乐思想和艺术思想的根在一年年地深入到民间去,它们已经在开始开花结实了。

(摘自在列宁格勒音乐院工作人员授奖典礼上的演说,1938年)

人人——包括俄罗斯人在内——都以自己的民族自豪,的确不能不感到自豪:要知道他是本国人民的儿子呢!这种感情很重要,具有很大的意义,而在鼓动工作中必须经常注意到。你们要培养我国人民苏维埃爱国主义、民族的自豪感,要提醒每个战士我国人民的英勇传统、美好史诗、文学、伟大的人物——统帅和司令,以及为解放人民大众而斗争的战士。

(摘自跟前线鼓动员的谈话,1943年)

在俄国文学里保存着大量文献,这些文献生动地描写当时农民的情况,其中一部分描写工人的情况。虽然这些作品大都含有一定程度的感伤成分,其中相当大的部分甚至不讳用粉红的色彩,并经过强烈的粉饰渲染,但它们还是提供了最宝贵的材料。

下面就是农民的"奴隶生活"的一段描写:

18世纪奴隶的哀歌

哦,我们做奴隶真伤心,活着为了主人。

我们不知道怎样对付他们的横暴。
服侍他们好比服侍一把尖锐的镰刀;
他们的恩惠就像早晨的露水。
哦,我们做奴隶真伤心,为了主人受苦难。
如果你触怒他们,连父亲的遗产都要不能保。
为人在世还有比这更不幸的吗?
我们挣得的东西自己也无权处理。
走遍天下——没有人比我们过得更糟。
难道我们能请亚历山大·涅夫斯基①来帮忙?
弟兄们,我们怎能不烦恼、生气、害臊,
因为那些人根本配不上我们,
但反而支配着我们那么多的人。
我们这些倒楣人一生能活多久!
一辈子我们就是唉声叹气。
要知道,天地都在生我们的气。
难道没有主人,我们自己就找不到面包?
树林、田野又何必创造,
如果穷人得不到自己的一份?
我们出生到世界上来为了什么?
只能怪给我们生命的父亲不好。
老爷们如今不再受法律的拘束,

---

① 亚历山大·涅夫斯基(1220—1263),俄国杰出的政治家和统帅,1240 年在涅瓦河畔大败瑞典侵略军,世称诺夫戈罗德公。

> 对做佣人的从来没有半点信任。
> 他们不分皂白地叫我们小偷。
> "白白给你们饭吃"——一天到晚就是那么斥骂。
> 要是我们偷了老爷一文小钱,
> 就会随时被处死,像一只虱子。
> ……
> ……
> 没有人选奴隶当议员,
> "他们在那边能说些什么。"

在文学里,关于过去农民生活的描写,很难找到比农民本身在《奴隶的哀歌》里所写的更真实的了;因此,可以把它全部登载在农民的报纸上,并且为农村青年保存在红角里。

也许有人会反对说,这首哀歌是在 18 世纪时唱的,而我们,谢天谢地,却生活在 20 世纪里。

可惜这种反驳只有表面的意义。农奴制度的废除已经有半世纪多了;我们父亲的一代还领教过它的全部滋味。

难道农奴制度的废除真的改善了农民的处境吗?没有,农民的处境反而变得更难忍受,更加恶化。

老实说,像库吉波夫、叶夫洛基、克鲁宾斯基、马尔科夫之流的俄国白卫军,都会欣欣鼓舞地盼望回复到这个对他们说来是黄金的时代。

这是他们的理想,十足道地的地主的理想。

难道这只是俄国黑色百人团的理想吗?我想可以并不牵强地说,这个理想同时在国外也适合英国文明的"高尚的贵族"的。事实上,上面所描写的俄国农奴的境况跟印度、非洲、亚洲各岛等英国殖民地的被剥削人民的境况又有什么不同呢?

试把这首歌译成印度、黑人、马莱等语文,那些民族的人民一定会在其中找到许多自身生活的写照。

(《苏联的十年》,1927年)

……谁真正能够使我们摆脱崩溃? 谁能使俄国摆脱目前艰苦的经济情况? 能够用自己的力量改善我们生活的那个伊里亚·莫罗梅茨①在哪儿呢?

……唯一能够抵抗资产阶级进攻的力量,就是目前执政的那个阶级:由共产党领导、并与农民结成牢固联盟的工人阶级。

(摘自在全俄中央执行委员会常会上的演说,1921年)

苏联各族人民的创造是伟大的,多方面的。在科学、技术、艺术各方面,民族形式、社会主义内容的文化到处都在空前地繁荣滋长。苏联各族人民的创造,特别鲜明地表现在民歌里,表现在创立大批人民合唱团、音乐队和业余剧团上。差不多每个民族共和国都有自己的国家剧场。关于乌克兰我不打算详细说了。乌克兰文化所经历的道路,大致跟俄罗斯人民的文化一样。乌克兰人民饱经沧桑,他们曾经跟俄罗斯人民一起反抗专制制度,曾经跟俄罗斯人民一起忍受失败,一起取得胜利。

关于格鲁吉亚人民也可以那么说。格鲁吉亚人民也曾经跟俄罗斯

---

① 伊里亚·莫罗梅茨,俄国民谣里的英雄,俄罗斯土地的主要保卫者之一。

人民并肩反抗沙皇制度、地主和资本家。格鲁吉亚无产阶级在俄国工人革命运动中占有一个光荣的地位。格鲁吉亚文化具有欧洲先进国家的文化水平。苏维埃制度用新的社会主义内容来丰富这种文化,使它达到更高的水平。

那些好像从黑暗的监狱解放到自由国家的阳光下的各族人民,在歌曲里,在哈萨克斯坦、乌兹别克斯坦、亚美尼亚等民族的戏剧表演里,在音乐里,在人民的创作里,以惊人的力量表现自己的才能,歌颂自由生活的快乐。

(《苏维埃政权给了劳动者什么》,1937年)

我全心全意希望格鲁吉亚的艺术工作者"不要自满"——那是我们这儿常说的——希望他们的创作力在最肥美的土壤上像鲜花般生长,不断地生长。但他们的创作力要如此生长,就必须在自己的工作上依靠人民的创作,从人民的创作中掬取力量。如果格鲁吉亚的歌剧和舞剧,格鲁吉亚的戏剧能够扎根在人民的创作中,那么,它们未来的繁荣和发展是有保证的。这又有什么不可能呢?要知道格鲁吉亚人民曾经在最艰苦的灾难中保存了自己的文化,自己的艺术,而格鲁吉亚人民的创作对戏剧艺术和音乐艺术一向就是一种营养料。

(摘自在格鲁吉亚艺术工作者授奖典礼上的演说,1937年)

文学语言

……要通晓语文,必须多多阅读我国文字优美的古典作品。我想提出屠格涅夫来。我故意提出这个相当贵族化的作家。应当说,像他那样的文字大师是必须追求的:你们可以读一百遍,直到书中的情节记得烂熟,但兴趣却不会消失!

凡是不想使自己的作品产生社会影响的人,他自然就不需要屠格涅夫——无论如何,不是绝对必要的。然而,谁想掌握俄文的格式,谁就需要屠格涅夫,需要冈察洛夫,因为在他们的身上是有些东西可以学习的。

我认为,观察的本领也必须向大作家、大诗人等学习……

拿海涅来说吧! 当你们阅读海涅的作品时,你们会听到树叶子在飒飒地发响。海涅是战斗诗人之一,但你们同时可以看到,他的抒情诗是多么丰富。

……你们之中那些想成为文学家的,特别需要多多用功。法国作家巴尔扎克在成为著名的作家之前,曾经写过千百张被出版者当作废品的稿纸。我劝你们去参观一下文艺博物馆。在那边的展览会上,你们可以看到托尔斯泰是怎样写作的。你们试读一页他最初所写的手稿,然后再读一读同一页的誊清稿。你们可以看到十五到二十种的修订稿,而最初所写的,最后几乎连一个字也找不到。最伟大的文字大师,最出色的俄文好手就是那么写作的。而当我们阅读他们的作品时,我们还以为写这些东西是多么简单啊!

要写起来"简单",必须下很大的功夫。

(摘自在全苏工农通讯员会议上的演说,1929年)

必须学习什么呢?什么都需要学习,首先是自己的业务。通讯员写作,这就是说,他应该写得文理清通,应该通晓俄文。而俄文是必须向俄国古典作家学习的。你们现在一定很难想象那种情况:我坐过牢,那里除了尼瓦杂志之外,什么也没有。我读得厌倦极了,无聊得简直无处安身。这时我弄到了冈察洛夫的一本书《巡洋舰小惑星号》。这对我是一件怎样的宝物啊!要是我没有失去自由的话,我读它恐怕会感到枯燥。但当时我却读得入了迷。应当从文字上去研读它。你们是专家,因此你们就不能像普通人那样把阅读当做晚上工作之后的消遣;你们读书是为了要学好写作。我认为你们必须阅读冈察洛夫、屠格涅夫和契诃夫的作品,尤其是契诃夫的作品。契诃夫对于你们比屠格涅夫、冈察洛夫更重要。他有本领写得很简短,很扼要。而你们正需要学习写得简短。可是在他短小的故事里说出了多少东西啊!那里的文字又是多美啊!对你们说来,阅读俄国古典作品就是你们的业务。丰富文学知识也是你们的业务。

(摘自在《社会主义农业报》工作人员会议上的演说,1938年)

语文必须向古典作家学习。拿屠格涅夫来说。你们在什么地方找得到像他作品主人公的形象那样的描写?

(摘自在前线鼓动员座谈会上的发言,1943年)

许多人有一种不正确的想法,认为跟农民讲话必须故意选用简单、甜蜜的语言——这是大错特错了。应当写那些农民感到兴趣的东西,不论老少都能懂得的东西。写农业生产、捐税问题、法令的解释、乡村建设和生活,同时不忽视"琐事"——这些就是首先需要写的东西。像关于小桥的那篇通讯①,不论男女老少都会读它,他们会打听那是谁写的,报上还有什么有趣的新闻没有。这样他们也就会不知不觉地关心政治。

老实说,像这样的通讯,就是首都的读者也会高兴读的,因为这里写的是真实的生活;凡是有生活的脉搏在跳动的地方,是不会寂寞的。这样,作者和读者之间的联系也会增加。

(《谁在靠拢和谁在疏远》,1924年)

过去知识分子对待农民的态度,好像对待小弟弟,对待可怜虫,认为他们不了解或者很难领会用普通俄国话说出来的意思。在每一句革命的话里都贯串着对软弱、笨拙的被压迫人民的庇护和宽容。那些写给乡村贫农看的小册子,往往把目前农民的痛苦情况和未来的美好光景写得太淋漓尽致——这方面社会革命党员都是好手。弗拉吉米尔·

---

① 那篇通讯叫《小桥不是小桥,而是受罪》,发表在1923年明斯克出版的《白俄罗斯乡村报》上,日期不详。

伊里奇说话就很直率朴素，不装腔作势，例如他说：不是所有的农民都会帮助工人的——有富农在；"……我们必须知道，他们（指富农——译者）在全俄共有多少人，他们的力量怎样，这样贫农就不会盲目瞎干，而会确切地知道，他的朋友如何，他的敌人怎样。"

他的话朴素，简单，个个农民都能懂得。又如他说："可是，如果向贫农和中农说：改善庄稼和廉价出卖犁耙，可以帮助他们大家解脱贫困而自立起来，同时并不触犯一切富人底利益——这就是欺骗。从这一切改善、减价和合作社（买卖商品的联合会）中，最占便宜的是富人。富人逐渐富起来，逐渐排挤贫农和中农。当富人还是富人的时候，当他们掌握大部分的土地、牲畜、工具和金钱的时候，——那时候不但是贫农，就是中农也永远不能解脱贫困。"①

恐怕到如今没有人注意，那样跟农民说话，还是第一次。过去的全部农民文学似乎都在暗示农民是一种原始的、头脑简单的人，对他们应该采用一种特殊的、比较简单的语言。而自称为农民政党的社会革命党，恐怕比谁都更滥用那种假情假意、感伤主义、表面怜悯同情的手法。照理，自命为农民利益的唯一保护人的社会革命党，尤其应该具有、或者至少了解俄国农民的特点，而它的决议和宣言既然是保护贫农和中农利益的简单的无可反驳的论证，在内容上应该为每一个普通农民所了解。但事实上，社会革命党的文学主要只抓住感情，最不注意论证。

现在，当这些政党终于彻底暴露了自己的政治面目时，我们可以了解为什么社会革命党人说话比做事能干的缘故。漂亮的字句，陈旧的滥调，表面上的极端激烈——包括对个别政府人员采用恐怖手段——

---

① 列宁，《告农村贫民书》。

掩饰了内容,使他们能够在劳动人民的口号下把富农跟贫农的利益混为一谈,而社会革命党人就这样自觉或不自觉地为富农阶层服务。如果我们记得大多数知识分子,尤其是农村知识分子,也是从比较富裕的富农阶层、牧师等家庭出身的,那么,我们也就可以完全了解知识分子跟富农在阶级性上接近的缘故。知识分子在社会革命党里是曾经独霸过的。由此可见,社会革命党人的思想意识,就是富农的思想意识;社会革命党的政策、语言、文学——一切都是依靠这一个社会阶层的。

(《跟民粹派斗争的教训之一》,1925年)

研究祖国语言——这是一件大事情。人类思想的最高成就,最深奥的知识和最热烈的感情,如果不用明白确切的话表示出来,那么它们就不能为人所知道。语言——这是表现思想的工具。而思想,只有当它用话说出来时,当它通过语言而暴露出来时,当它——像哲学家所说的那样——借助于语言表达出来而达到客观存在时,才能成为思想。正因为这个缘故,我说,祖国语文的知识——这是最基本的东西,它需要你们作更进一步的努力。

(摘自在莫斯科列宁区学生大会上的演说,1941年)

附录：

论我国人民的道德面貌[①]

道德，或伦理，是从人类社会形成一开始就存在，并且归根结底是由经济发展所决定的——当然，不是机械地，而是像法律、宗教等一切作为上层建筑的意识形态那样，落后于经济的发展。在人类社会的黎明时期，道德从日常生活中产生，在实践中形成人们行为的准则。这些准则当然没有写成任何法典——当时还没有文字；然而，这些准则对当时人们的约束力，也许并不亚于现代书面的法律条文对我们的约束力。对公社、对氏族、对家庭的关系，男子对妇女的关系，妇女对男子的关系，日常生活中的各种关系，都巩固起来，变成通行的心理标准，变成社会道德。

随着人类社会的分成阶级，随着国家的出现，道德自然也就有了阶级性，并且成为统治阶级用来奴役被统治群众的强有力的武器。恩格

[①] 本文写于1944年年底，发表在1945年第一期的《布尔什维克》杂志上，这里只选用跟文艺有关的部分。——译者注

斯在论资本主义社会时写道,在资本主义社会里,至少有三种道德:"封建贵族的、资产阶级的和无产阶级的。"

"因为直到现在社会是在阶级对立之中发展,所以道德总是阶级的道德;它或者是为支配阶级的统治和利益辩护,或者是当被压迫阶级足够强大之时,它表现对于这个统治的抗争,而代表被压迫者的将来的利益。"①

每个时代的统治阶级(奴隶主的、封建的、资本主义的)都力图掩蔽自己的统治,并把自己狭隘的阶级利益冒充全民的利益。他们把剥削者的道德装扮成全人类的道德,把它捧为永恒的真理,而这种永恒的真理又是建立在人类社会之外的基础上,不受人类和当时社会经济制度的影响,仿佛是从上帝那里来的。

时代不断地前进,旧的社会经济结构消亡了,新的社会经济结构起而代之。道德问题变成了哲学的一个部门。形而上学的哲学家和烦琐哲学家,在研究这些微妙的问题时,用来自先验的(人的智力所无法理解的)概念的道德律来解释现存的秩序。这并不是说,形而上学者和烦琐哲学家许多世纪以来的工作,对于人类的认识和思维逻辑的发展,没有积极的效果。不过,总的说来,他们追求的却都是一个目的——使道德为统治阶级的利益服务,为少数剥削者对多数被剥削者的压迫辩护,断定这样的秩序是合乎道德的。

西欧文学总的说来是为资本主义社会的利益服务的,但也提供了一些鞭笞资本主义的杰出作品。例如,巴尔扎克——熟悉资产阶级社会的优秀行家之一,在他的长篇小说《高老头》里有这样的一段——鲍

---

① 恩格斯,《反杜林论》,人民出版社 1956 年版,第 96 页。——编者注

赛昂子爵夫人开导大学生拉斯蒂涅说：

"你越没有心肝，就越高升得快。你毫不留情地打击人家，人家就怕你。只能把男男女女当做驿马，把它们骑得筋疲力尽，到了站上丢下来……倘使你有什么真情，就得像宝贝一样藏起，永远别给人家猜到，要不就完啦，你不但做不成刽子手，反过来要给人家开刀了。"①

在俄罗斯，像在任何别的地方一样，道德标准也是随着社会的发展而改变的。在沙皇俄国，统治阶级的道德，是建立在沙皇制度的三个台柱、三个基础上的——"专制、正教和秩序"。这是最反动阶层的三个原则，这些最反动的阶层是：贵族地主、军人、上层官僚和沙皇家族同他们的所有奴仆——联合和领导一切反动势力的所谓"上流社会"。这个统治阶级的一切努力，都旨在保持自己的特权，并且使人民服从它。不过，贵族自己虽然并不很重视沙皇本人的道德意义，但却照样在人民中进行广泛宣传，说什么沙皇是上帝派定的君主，说他的政权是天赐的，因此他的一切决定都是正义的、绝对正确的。

为了对抗贵族君主上层的狭隘利己的道德，产生了新的道德标准：憎恨剥削者，热爱人民，热爱祖国。俄国的优秀人物，为了帮助农民从农奴制度下解放出来，献出了自己全部的力量，甚至生命。斯捷潘·拉辛和叶密里央·布加乔夫的两次起义，迫使贵族阶级中最渊博的思想家思考当时的问题，并促使他们对农民的处境和地主的横暴进行批判。

俄国18世纪文学提供了革命道德最初的萌芽，其中一部分是受了法国启蒙学派的影响的。这种文学最出色的代表拉季谢夫，在他的著作《从彼得堡到莫斯科旅行记》里，猛烈批评农奴制度。拉季谢夫鲜明

---

① 译文引自傅雷译《高老头》，人民文学出版社1954年版，第115页。——编者注

地描绘了农奴生活的可耻图画(农民家庭整批和零碎地被出卖,农民被交去当兵,农奴主侮辱和虐待农奴),以此愤怒地斥责农奴制度,斥责农奴制的残酷性,肯定为保卫自己的人权而斗争的农民的任何行动都是合法的。他唤起他的同时代人的理智说:

> 农民至今仍是我们的奴隶;我们没有认识到他们是和我们平等的同胞,忘记了他们是人。我们亲爱的同胞啊!祖国的真正子孙啊!环顾一下你们的周围吧,认识你们的错误吧……
>
> 但在我们之中谁在带枷锁,谁在尝受奴隶的痛苦?农民!他们供养我们,使我们免于饥饿;他们给我们健康,使我们长寿,而自己却无权享受耕种和制造出来的产物……
>
> 三分之二的国民被褫夺公权,其中一部分人得不到任何法律保障,试问这样的国家称得上幸福吗?俄国农民的处境谈得到幸福吗?只有嗜血苦命的人才会说他很幸福,因为不了解更好的情况……
>
> 一百名特权公民穷奢极侈,千万平民无衣无食,这样的国家可以称为幸福的吗?这样的国家还不如让它荒芜吧!……①

拉季谢夫的道德思想到现在仍旧可算是进步的。

道德所包括的感情范围非常广阔,要向社会表达这些感情,就需要发达的语言。俄国伟大学者罗蒙诺索夫在创造俄语上花了很多工夫,使当时的俄国社会容易接受新思想。

---

① 《拉季谢夫全集》第1卷,1938年俄文版,第313、314、315、317页。——俄文版编者注

罗蒙诺索夫说:"俄罗斯强国所借以支配大片领土的语言,具有天然的丰富、美丽和力量,配得上这个伟大的国家,它不比任何一种欧洲语言逊色。"他认为俄语具有"西班牙语的华丽、法语的生动、德语的刚毅、意大利语的柔和,以及希腊语和拉丁语的内容丰富、叙述简明的特点。"①

19世纪上半叶的文学,大大促进了俄国社会政治思想的发展和对本国人民的认识。

别林斯基、车尔尼雪夫斯基、杜勃罗留波夫、涅克拉索夫等人,对革命道德的发展和深入,起了重大的推动作用。这种革命道德已为当时社会的很大一部分群众所接受。别林斯基等人唤醒了人们的良心,促使人们思考生活,思考在生活中可以作些什么有益的事。在俄国文学史和政论史上,未必有人能像别林斯基、车尔尼雪夫斯基、杜勃罗留波夫那样支配人们的思想,那样有效地提高他们的公民自觉心,并推动他们去为民主革命而进行反专制的斗争。同时,他们的个人生活,也完全献给了俄国民主事业的发展,因此在当时进步人们的眼睛里,这种生活就是高度道德的模范。

别林斯基写道:

"不能不热爱祖国……但是这种爱不应该是消极地满足于现状,而应该是生气勃勃地希望改进现状;总而言之,爱祖国应该同时爱人类……爱自己的祖国,这就是说,热烈地希望看到人类理想在祖国实现,并尽自己的力量来促进这一点。"②

---

① 罗蒙诺索夫,《俄语语法》,见《罗蒙诺索夫全集》第7卷,苏联科学院出版社1952年莫斯科—列宁格勒版,第391页。——俄文版编者注
② 《别林斯基全集》第4卷,苏联科学院出版社1954年莫斯科版,第489页。——俄文版编者注

涅克拉索夫用自己的作品鼓动每个正直的人去憎恨奴隶主、热爱人民,并号召他们去进行斗争:

> 为了祖国的荣誉,为了信念,
> 为了爱……去赴汤蹈火吧!
> 毫无怨言地去牺牲吧!
> 你不会白死的……
> 为事业而流血,
> 这样的事业是巩固的。

"你可以不做诗人,但一定要做一个公民。"[①]——他这种发自心底的呼声,不由地在俄国广大社会阶层中唤醒了良好的公民感觉,使他们意识到自己在国家和人民面前所负的道德责任……

1944 年

---

① 涅克拉索夫,《诗人与公民》,见《涅克拉索夫作品和书信全集》第 2 卷,国家文学出版社 1948 年莫斯科版,第 11、12 页。——俄文版编者注

旧时代的青年①

  青年时期被认为是人生最美好的时期。这是很自然的。因为在这身体成长的时期,一个人特别感到精力过剩、身体矫捷、智力迅速发展、眼界不断扩大。体力充沛、生气蓬勃,使人特别爱好英雄行为,崇尚同志友谊,愿意为人们的幸福而奋斗,雄心勃勃地渴望获得"世界的真理"……

> ……我期待着心灵的言语和力量,
> 好给我揭开自然的奥秘,
> 好让我不信口开河,
> 说些自己也不懂的事情,
> 好让我了解一切行为、一切秘密,
> 了解世界内部的错综关系;

---

① 1938年10月28日是苏联共青团建立二十周年,加里宁写了一篇文章《共青团的光荣道路》作为纪念,本篇就是其中的第一章,译文略有删节。——译者注

>但愿从我的嘴里吐出来真理——
>而不是偶然想到的废话连篇！①

但是青年人所具有的这些特点，往往受到环境的强烈影响。俗话说："近朱者赤，近墨者黑。"阶级属性总要在人的性格上、行为上、对人的态度上打上烙印。因此，他观察周围环境，也总是从本阶级的利益出发的。

大家都知道，在过去，即使统治阶级的青年也比这些阶级的成年人较有革命性，其中也出了不少为人民事业而奋斗的战士。而且，世界上没有相当数量的青年积极参加的革命或群众运动，我可从来没有听说过。这是什么道理呢？

阶级社会的本质充分说明这个道理。阶级社会的基础，就是统治阶级对劳动者的压迫。既然统治阶级用直接的暴行来巩固自己对被压迫者的统治，那么，阶级社会的全部上层建筑（从国家政权机关直到统治阶级本身的生活环境）也是适合于实行压迫的。这种压迫通过某些方式，扩展到青年头上，因此青年人常常因为生活的目的而烦恼。年轻的奥加辽夫②用下面的话来表示这种感情：

>我要什么？……要什么？……哦！愿望那么多，
>愿望的冲动又多么需要找个出路来发泄，
>有时真觉得——内心的焦急

---

① 见歌德的《浮士德》。——译者注
② 奥加辽夫（1813—1877），俄国杰出的社会活动家、思想家、政论家、诗人。——译者注

>在烧毁头脑,撕裂胸膛。
>我要什么呢?我要实现全部的愿望!
>我渴望知识,我要建立功勋,
>还要怀着疯狂的忧郁去爱,
>我要领略整个生命的搏动!①

现在在阶级社会里,统治阶级、剥削阶级青年的处境,绝对说不上好。连国家对他们也表示不信任,表示怀疑。难怪在号称最民主的资本主义国家里,在选举上,特别是在选举上议院时,年龄的资格竟提高到40岁。工作总是从最不足轻重的职务开始,一个青年人要想上升,必须具有一定的服务资格,并且要会奉承上级。在俄国文学里,像这种官僚的典型,格利鲍耶陀夫在《聪明误》里通过莫尔恰林的形象,描写得淋漓尽致。莫尔恰林说:

>先父遗言吩咐我:第一,
>要无例外地使每一个人对我都满意;
>对我所侍候的东家也好,
>跟他在一起服务的长官也好,
>为长官拍衣服的当差也好,
>看门的,传达的,都不要使他懊恼,
>就是对看门人的狗,也要客气,周到。②

---

① 奥加辽夫,《独白》,见《奥加辽夫诗选》,国家文学出版社1938年版,第128页。——俄文版编者注
② 译文引自朱维之译《聪明误》,人民文学出版社1959年版,第150—151页。——编者注

结果,莫尔恰林这个名字就成了钻营拍马的官僚的代名词。他认为:

> 在我这样的年纪,不应当
> 有自己的判断。①

莫尔恰林型的官僚,在资本主义各国,受到有权有势的人们的鼓励和支持。

在日常生活里,青年受到的压迫更大。统治的剥削阶级的道德——这是奴隶主的道德,农奴主的道德,资本家的道德。这种道德包含着极大的罪行和污秽,它不可避免地要以自己可憎的特点去腐蚀本阶级的人们,包括青年在内。几乎整个青年的一代,在物质上都依赖家长。这种物质上的依赖性,不仅限于童年,而且往往要延长到成年之后的好多年。纨绔子弟穷奢极侈,荒淫无度,而有钱的父亲却视若无睹。但是,如果这些有钱人的子弟给革命事业捐了一文钱,那么,百分之九十九他会丧失财产,并且被家庭驱逐出去。

家长对青年的这种粗暴的权力,在冯维辛的喜剧《纨绔少年》里表现得非常明显。在《纨绔少年》里普罗斯塔科夫太太说:"我非常满意米特罗方努希卡不喜欢进步。有他这份聪明根本就用不着再那样用功了!……米特罗方努希卡!别学这种混帐学问。……我的孩子,要是念书对你的脑袋那样危险,我看就算了吧。"②

---

① 译文引自朱维之译《聪明误》,人民文学出版社1959年版,第86页。——编者注
② 译文引自李时译《纨绔少年》,人民文学出版社1957年版,第46、47、49页。——编者注

冯维辛的同时代人拉季谢夫,是一个抗议者,自由的勇敢保卫者,是"奴役制度的敌人"——这是普希金给他的称号。虽然当时的青年极难反抗普罗斯塔科夫—普里普罗丁—斯科季宁之辈,而且根本就极难"反对长官制度",但是拉季谢夫在跟"贪婪的野兽和无餍的嗜血者"的斗争中,却显示了惊人的纯洁的道德和忘我的精神。他满怀热情地揭露农奴制度:"这是带脚镣手铐的人的命运,这是囚禁在恶臭的监房里的人的命运,这是轭下的牛的命运!"①他公然反对沙皇的专制,并且大声疾呼说:"专制制度是人最难忍受的一种状况。"……

在平民知识青年(僧侣、教堂职员、小官吏、商人、农民、教员、医生等人的子弟)中产生了为人民事业而奋斗的杰出战士,他们在当时常常是"诗人兼社会主义者"。像别林斯基、车尔尼雪夫斯基、杜勃罗留波夫那样的平民知识分子,不仅在文学方面,而且在阶级斗争的舞台上,占有杰出的地位,他们是当时先进社会思想的真正拥有者。车尔尼雪夫斯基早在20岁上就自称为"社会主义、共产主义和极端共和主义的首倡者"。他深信俄国"不久将发生暴动",他准备"一定参加这个暴动",他不怕人民革命的艰难、曲折,不怕国内战争的流血和残酷。杜勃罗留波夫跟他一起震惊了沙皇制度和懦怯阿谀的自由主义。他们是革命的民主主义者,是农民革命的领袖。

马克西姆·高尔基根据多年来观察小市民生活的结果,写出"父"与"子"敌对的粗野场面。"当时青年人只要一开始严肃地注意生活问题,并且对黑暗沉重的生活方式流露自然的批判愿望,那么,在'能作批

---

① 拉季谢夫,《从彼得堡到莫斯科旅行记》,苏联科学院出版社1935年版,第414页。——俄文版编者注

判性独立思考的人'的周围,就会形成父亲们敌意的警惕的气氛,并且会发生'叛变古风'的怀疑,然后就是用拳头、棍子、缰绳、藤条来'开导真理'。这种开导的结果,常常使人恢复'本来面目',也就是说,父亲们把他变成'类似自己的'小市民。要是一个青年批评者表现得很倔强,那么,他就会被家庭驱逐出去,这样,他就很难找到一个地方和时间,来更进一步发展对现实的批判态度,而当时他又没有一个像他现在所能得到的以工人阶级为代表的保护者。"[1]

"……波米亚洛夫斯基[2]在神学校里念书的时候,受了将近四百次的鞭笞。列维托夫[3]在全班同学面前被鞭挞;他对卡罗宁[4]说,他'被打得灵魂出窍',他活着'好像是靠别人的受伤的灵魂'。库谢夫斯基写了一件关于一个文学家的事:那个文学家被他父亲释放到首都去'当佃农'[5],就像地主释放农奴一样,如果儿子不寄钱给他,他就把他叫回到乡下来加以鞭挞。库谢夫斯基本人在涅瓦河上当搬运夫,失足落水,着了凉,他在医院里用病人口粮费买了些蜡烛头,用夜间的时间写了一部长篇小说《尼古拉·聂戈辽夫,或一个安乐的俄罗斯人》,后来他喝得烂醉而死,没有活满30岁。"[6]

在70年代到80年代,青年工人也开始和平民知识分子一同在秘

---

[1] 高尔基,《论青年和儿童》,1938年莫斯科版,第82页。——俄文版编者注
[2] 波米亚洛夫斯基(1835—1863年),俄国作家,靠拢革命民主主义阵营。——译者注
[3] 列维托夫(1835—1877年),俄国作家,民主主义者。——译者注
[4] 卡罗宁(1853—1892年),俄国作家,曾参加民粹运动。——译者注
[5] 俄国农民在农奴制度废除以后,由农奴变成了享有人身自由的佃农,但这只是一种形式上的"解放",因为佃农在经济上依然受到地主的残酷剥削。"当佃农"在这里是一种譬喻,意为获得了形式上的解放。——编者注
[6] 高尔基,《论青年和儿童》,第84页。——俄文版编者注

密的革命团体里出现。俄国新兴资本主义社会的阶级分化日益加剧，无产阶级的阶级自觉产生了，宣传马克思和恩格斯的学说的社会主义知识分子中的青年，对于发展这种阶级自觉起了巨大的作用。普列汉诺夫于1883年在瑞士创立了"劳动解放社"，它为社会民主主义提出了理论根据，并向俄国实际的工人运动迈进了一步。

1938年

谈谈招贴画艺术[①]

招贴画是不是艺术？这问题我认为是无聊的。这问题的提法，本身就有原则性的错误。

我们画家所作的招贴画，有信笔乱涂的，但也有杰作——这方面技巧的典范作品，它们是真正的艺术。不能说，这是艺术，那是手艺，因为干同一样工作，既可以用手艺的方式，也可以用艺术的方式。所以，招贴画也可以成为优美的艺术。

请大家想一想库克雷尼克塞或者叶斐莫夫的画吧——人们看到他们的署名，就会格外用心地欣赏他们的画。这是艺术吗，是技巧吗？当然是的。人们说得对：鞋匠也可以成艺术家，艺术家也可以成鞋匠。一个人创造美妙的东西，并不因为他在艺术部门工作，或者说得更确切些，并不仅仅因为这个缘故，而是因为他的工作高出于手艺匠，他的工

[①] 1942年年底，加里宁邀请一批替"塔斯之窗"作画的老画家和青年画家在克里姆林宫举行座谈，本文就是加里宁在会上发言的节略，曾发表在1943年1月1日的《文学与艺术》报上。"招贴画"一词也有译作宣传画的，但在这里译"招贴画"似乎比"宣传画"贴切些。——译者注

作是艺术的。

手艺匠的工作——这是刻板的工作。在古代,圣像画匠就是这样工作的:他们照着图案板描画圣像。但即使在这些人中间也有艺术家,他们达到了艺术的高度。

因此,我认为不能人为地把绘画和招贴画分开来。招贴画也是绘画,但是一种具有特点的绘画:这种画应该醒目,容易吸引人家的注意。要是容许打个比喻的话,那么我想说:一般的画是宣传,而招贴画是鼓动。事实上,鼓动的用处决不低于宣传,特别是在战争时期。

招贴画——这是一种群众性的艺术。招贴画要做到使人不会在它旁边走过去,而一定会站下来。在一件平凡的艺术品旁边走过,人们是不会站下来的。艺术品应该把人吸引到它的跟前,使他欣赏它,并且觉得是置身在它的前面。招贴画的服务对象是广大群众。一个集体农庄庄员在旁边走过,忽然看见一幅招贴画,他就会在它的前面站上好半天,仔细看看上面所画的东西。而群众看得越仔细,这幅招贴画所收到的效果也就越大。

招贴画题材的挑选,在很大程度上决定于画家的性格:有人喜欢英雄事迹,就寻找这种题材来描写;有人更习惯画讽刺作品,他就在这方面努力。不必提这样的问题:这种题材好还是那种题材好,英雄事迹好还是讽刺好?我认为,凡是画家习惯的方式,都应该利用来作招贴画,甚至可以使用他最喜欢的手段:铅笔画、油画、水彩画等等。必须利用各种方式,不应该提出任何人为的限制。一切方式都应该使用;要知道,招贴画是一种群众性的艺术,画家要带着它到群众中去。再有,艺术应在政治方面达到一定的目的:影响群众,影响部队,鼓舞斗志——它通过绘画这种工具在群众中进行教育。

使绘画深入到群众中去的土壤（如果可以这么说的话），现在已经准备好了，翻耕过了，施过肥了。请大家看一下吧，戏剧在我们这里现在已经成为真正人民的艺术了。在农村里，只要有二三十户人家，那里就一定有自己的戏剧小组。但绘画要深入群众，却比较困难。

常常听得人说，墙上张贴的画出得太少了，集体农庄庄员家里没有画。这是事实。这种责难是公正的。

我观看许多现代画家的画，我觉得他们的文化修养太差。我说的不是绘画的技术，而是一般的文化修养。请问，一个修养不高的人，能成为艺术家，能成为真正的大艺术家吗？一个对颜色、颜色的配合和画的形式具有非凡敏感的人，可能成为一个有才华的画家。他可以把人物画得维妙维肖，但这还不够。有时候，画家作人物写生画，但画出来的只是一张生动的照相，只有艺术大师才能在肖象画上画出一个活生生的人来。他画的脸似乎有点儿不像，但是他在画里灌注进一种不容易一下子捉摸到的东西，而在你的面前就出现了一个活生生的人。这就是一个真正的艺术家的作品。

要创造典型，需要具备许许多多的条件。没有文化修养，没有文学知识和俄罗斯历史的知识，是不能达到目的的。我觉得我们的青年艺术家们在这方面很不够，他们的好多作品因此显得粗糙。

其实，作一幅出色的招贴画，我看比作一幅一般的画更困难。招贴画首先应该是特别尖锐的。招贴画跟一般的画还有一个差别，那就是招贴画应该更集中更浓缩。要知道，只有浓缩的典型的东西，才能使人产生深刻的印象。请大家想想古典文学著作吧。那里塑造了异常浓缩的典型，因此到如今还给人深刻的印象，读起来觉得津津有味。

所以，招贴画是一种艺术，虽然也许是一种有时间性的艺术，不是永恒的。我了解，每个艺术家都想创造千古不朽的作品。招贴画呢，等到时间一过，就会束之高阁。从这个意义上来说，招贴画家的自尊心可能会受到损害，因为说他们的工作只为一个短时期服务，他们会觉得委屈的。但我个人认为，即使从这方面来说，招贴画家也不用抱屈。当人们研究卫国战争的历史时，他们不会忽略"塔斯之窗"，正像人们研究十月革命的历史，不会忽略"罗斯塔之窗"一样。

认真的历史家也好，未来的艺术家也好，当他们接触到卫国战争时期时，一定会研究这份材料的。

现在有些招贴画对群众的影响很大，它们在历史上存在的时间，可能比某些一般的画更长久。事实上，绘画经过几百年之后都要毁坏的，或者只能用复制品保存下来。不过，说实话，这一切都关涉到艺术家的自尊心，而在艺术家面前却摆着另一个问题——现实的问题：他们怎样以自己的专长帮助前线，帮助我们的战士们。

在这方面，招贴画家就具有特别有利的条件。他们的作品应该对战争的结局、对加强红军的士气和提高他们的斗志，产生实际的影响。而这是目前最主要的事。事实上，现在人人都迫切要求用一切可能的方法直接支援战争，对战争的结局起点作用。显然，别种画不论怎样出色，都不及招贴画那样能对参加战争的人起作用。

我甚至认为，一幅画越是充满才华，人们对它的赏识也越晚——后代人往往要比画家的当代人更能赏识它。也许这不是普遍规律，但才华一部分也表现在这一点上：一个有才华的人能高瞻远瞩。

至于招贴画，这是今天的一种鼓动工具。问题只在于它的影响和传布：它给人的印象越深，流传越广，它对战争的支援就越大。既然如此，这就说明这工作是有益的，而从事这个工作的人，如果他们好好干的话，是应该感到心满意足的。

1942 年

图书在版编目（CIP）数据

草婴译著全集.第二十卷/(苏) 加里宁著；(苏)爱文托夫编；草婴译.
-- 上海：上海文艺出版社,2018
ISBN 978-7-5321-6827-9
Ⅰ.①草… Ⅱ.①加… ②爱… ③草… Ⅲ.①文学研究－苏联－文集 Ⅳ.①I11
中国版本图书馆CIP数据核字（2018）第258632号

发 行 人：陈　徵
策　　划：姜逸青 郑　理
责任编辑：夏　宁
装帧设计：周志武

书　　名：草婴译著全集.第二十卷
作　　者：(苏) 加里宁
编　　者：(苏)爱文托夫
译　　者：草　婴
出　　版：上海世纪出版集团　上海文艺出版社
地　　址：上海绍兴路7号　200020
发　　行：上海文艺出版社发行中心发行
　　　　　上海市绍兴路50号　200020　www.ewen.co
印　　刷：上海文艺大一印刷有限公司
开　　本：890×1240　1/32
印　　张：6.25
插　　页：6
字　　数：144,000
印　　次：2019年2月第1版　2019年2月第1次印刷
I S B N：978-7-5321-6827-9/I · 5451
定　　价：39.00元
告读者：如发现本书有质量问题请与印刷厂质量科联系　T：021-57780459